湖虹

中南财经政法大学
中文系学生作品选
［2020级］

甘勇　陈国和　主编

光明日报出版社

图书在版编目（CIP）数据

南湖虹：中南财经政法大学中文系学生作品选：2020级 / 甘勇，陈国和主编. -- 北京：光明日报出版社，2024.5
ISBN 978-7-5194-7884-1

Ⅰ.①南… Ⅱ.①甘… ②陈… Ⅲ.①中国文学—当代文学—作品综合集 Ⅳ.①I217.1

中国国家版本馆CIP数据核字(2024)第066782号

南湖虹：中南财经政法大学中文系学生作品选：2020级
NAN HU HONG：ZHONGNAN CAIJING ZHENGFA DAXUE ZHONGWEN XI XUESHENG ZUOPIN XUAN：2020 JI

主　　编：甘　勇　陈国和

责任编辑：谢　香　　　　责任校对：孙　展
封面设计：索　美　　　　责任印制：曹　净

出版发行：光明日报出版社
地　　址：北京市西城区永安路106号，100050
电　　话：010-63169890（咨询），010-63131930（邮购）
传　　真：010-63131930
网　　址：http://book.gmw.cn
E - mail：gmrbcbs@gmw.cn
法律顾问：北京市兰台律师事务所龚柳方律师

印　　刷：天津奥丰特印刷有限公司
装　　订：天津奥丰特印刷有限公司
本书如有破损、缺页、装订错误，请与本社联系调换，电话：010-63131930

开　　本：145mm × 210mm　　　　印　　张：8
字　　数：200千字
版　　次：2024年5月第1版
印　　次：2024年5月第1次印刷
书　　号：ISBN 978-7-5194-7884-1

定　　价：58.00元

序

胡德才

中南财经政法大学新闻与文化传播学院中文系建系已满十五周年。十五年前，首届四十多名学子从全国各地汇聚武昌南湖之滨的美丽校园，成为这所以经法管学科著称的人文社科类大学的第一批中文学子。从此，晓南湖畔、文波楼里、希贤岭上，开始有一群群怀揣着文学梦想、吟诗作文、写书编戏的红男绿女，校园因此增添异彩，生活变得更有情趣。转眼十多年过去，在已毕业的十二届学生中，有的已成为受欢迎的职业作家，有的已从名校完成硕士博士学业，有的成为了文化、艺术、教育、媒体等企事业单位的骨干。其实，文艺学科在我们学校有着悠久的历史，学校的前身是 1948 年建校的中原大学，首任校长是著名文史学家范文澜。1949 年成立的文艺学院是中原大学最早成立的学院，也是当时中原大学的四大学院之一，另外三个学院是教育学院、财经学院和政治学院。文艺学院首任院长是著名电影导演、表演艺术家崔嵬，他曾主演和导演了《青春之歌》《红旗谱》《小兵张嘎》《杨门女将》等一批新中国电影史上有广泛影响的优秀影片。后因 20 世纪 50 年代的院系调整，学校人文专业中断。但从首任校长范文澜先生出版《文心雕龙讲疏》开始其学者生涯，到当代学者古远清教授影响遍及海内外的台港文学研究，我们学校的人文学科积淀丰赡，一直薪火相传。

中国语言文学是我国人文学科中甚至是所有学科中最基础的学科，在我国长达十二年的基础教育中最重要的第一门课是“语文”，即指中国语言文学。在我看来，中国的大学都应该开设中国语言文学专业，并向所有其他专业开设中国语言文学的必修课，这与市场无关，而与中华民族的生存与发展有关。但在急功近利的社会氛围中，在实用主义风气引领下，最基础的传统学科被边缘化了。中国语言文学学科不再是很多年轻人追慕的学科，更不是热门学科，进入这个学科专业的一些学子也常常身在曹营心在汉，或者心浮气躁、盲目跟风，结果专业不专、一无所能，这是令人十分忧虑的。

面对传统学科人才培养的现实困境，我们一方面深感忧虑，一方面积极探索，努力在教育教学实践中更新教学理念、完善课程设置、改革教学方法、探索管理模式。如从汉语言文学专业首届学生进校开始实施的班导师制，持续实行至今。学院给每个班配备一名本专业的教授或具有博士学位的优秀青年教师担任班导师，从新生进校开始陪伴学生四年，直至毕业离校，全面指导学生的专业学习、人生规划。导师言传身教，学生受益良多，师生之间结下了深厚的情谊，形成了专职辅导员和兼职班导师相结合而互补的学生管理新模式。2013 年，本科“卓越计划”汉语言文学专业综合改革项目获得学校批准立项后，我们在总结多年教育教学改革实践的基础上又有新的探索，修订了人才培养方案，确定了本科学生必读书目和拓展书目，强化了学生写作能力训练，引进了具有影视编剧和小说创作实践经验的作家担任创意写作类课程的专业教师，并对学生的课外阅读与写作从内容到数量作出明确规定，将其列入专业课程成绩考核的范围，学生可以以不同体裁的原创文学作品代替毕业论文。我们的目标是夯实学生的专业基础、发挥学生的专业特长，为培养具有真才实学的创造性人才打下坚实的基础。

我们的“卓越计划”汉语言文学专业人才培养方案尤其是创意写作训练自 2014 级学生开始实施以来，有不少学生在创意写作上取得了可喜的成绩。他们的小说、散文、诗歌发表在重要报刊，有的获得了重要奖项，话剧和电影剧本被搬上舞台和银幕。结集出版的系列作品集已有《南湖风》《南湖雨》《南湖云》《南湖月》，显示了青年学子的创作潜力和文学才华。

当然，重要的不是学生们的写作取得了多大的成绩、达到了多高的水平，重要的是通过创意写作教学和实践激发出学生创作的潜能，埋下创意的种子，养成写作的习惯，也留下了青春的印痕，增添了生活的色彩，丰富了生命的内涵。

现在编定的三本创作集分别是中文系 2019 级、2020 级和 2021 级经历了武汉疫情时代的三届学生的作品选。眼下已是 2022 年的大雪节气，武汉虽然尚未降大雪，但寒冷依旧，尤其是新冠病毒奥密克戎毒株还在兴妖作怪，侵扰人间。但“冬天到了，春天还会远吗?” 风雨过后，必现彩虹。我们定能很快走出疫情，迎来明媚的春天!

这三部作品集分别命名为:《南湖雪》《南湖虹》《南湖春》。是为序。

2022 年 12 月 18 日

（作者系中南财经政法大学新闻与文化传播学院首任院长）

目　录

辑一　乡土

“故乡遥，何日去?”

辑二　都市

"长安一片月，万户捣衣声。"

辑三　至情

"相顾无言，唯有泪千行。"

辑四　观点

“不畏浮云遮望眼，自缘身在最高层。”

辑五　传奇

“青山遮不住，毕竟东流去。”

辑六　独白

“杵声不为客，客闻发自白。”

辑七　回忆

“雁过也，正伤心，却是旧时相识。”

辑一

乡土

故乡遥，何日去。

等·送·迎

于依婷

等

盛夏。

将近十五的满月，被大片大片的云层罩着，依稀透出模糊的轮廓。夜晚的道路只剩漆黑。没有萤火虫，也没有星光。只有水泥路两旁的田野里蛙声此起彼伏，交相呼应。

母亲骑着电动车载着她的女儿。车灯虽然刚换上新的开关，但是线路并没有接好，依然时好时坏。

出了村子，到了通往镇上的大马路，天空还是黑蒙蒙的。只是偶尔有车灯的黄、路灯的白匆匆闪过。

到了镇子的主街，才是通亮了。各个店铺里的灯光溢出了玻璃大门，照亮了沿街小路，各种招牌也闪着各色光，夜晚三三两两的人穿着拖鞋在街头闲逛。

穿过主街，走进那条一天之中属早晨最为拥挤的菜市场的街道，人又少了不少。但是路灯蓝色的灯杆和黄色的灯泡仍规律地排列在马路两旁。

到了一个店铺门口，母亲终于停下了。摘下安全帽，额头已经被汗水浸湿，头发凌乱又服帖地挂在额头上。敞开的玻璃大门没有任何藏着掖着的意思。姨妈穿着睡衣在看电视，没有注意到有人到来。她的几岁大的孩子站在一旁的沙发上，也在认真地看着，仿佛和主角通了感受。

“艳子，艳子！”母亲叫了几声，声音才盖过了电视的音响，传到了姨妈耳中。

姨妈赶忙跑来迎接，邀请母亲进屋。母亲婉拒了，说她是来看姨娭毑（娭毑，湖南方言，奶奶之意）的，就是来打声招呼。

“欸呀，我都跟我家那个说了，虎伢子不在家，大晚上的就不要叫你过来了，不安全。”姨妈赶忙关了电视带着她们走到隔壁的店子。

“没事，我就带着我女来看看姨娭毑。”

“欸，你崽阿子勒？”

“我一辆小摩托，再拖不得三个人了。我让他留在屋里看家。”

“哦哦，那你等一下早点回去，留他一个人在家不好。”

“嗯咯。姨娭毑勒，还住在上面吧？”

“冇。搬下来个把月了。”

母亲答应了一声，带着女儿往前走了几步，到了另一个大门敞开的铺子，进去了。

几个打着赤膊的男人洗麻将的哗啦哗啦的碰撞声，麻将砸到绿皮桌面笨重浑浊的磕碰声，大功率风扇的转动摇头声，以及按打火机、撕开槟榔包装袋的声音，在这个铺面里不绝于耳。附近的邻居饭后都汇聚在这里，打的打麻将，看的看麻将，好不拥挤。

母亲带着女儿穿过人流，身上仿佛已经沾上了烟味。进到了一个房间，虽然烟味淡了很多，清凉的空调风徐徐吹着，但是仍然有一种湿热的浑浊的味道充斥在房间里。

房间里摆着两张床，床的中间留着一条过道，但是已经前后站了几人。几把椅子，也被邻居和亲戚坐满。桌子上面零散摆着些纸巾、茶水。左边的床上扔着两把扇子，一把是老人家用惯的蒲扇，一把是印着镇上新建小区广告的塑料扇。

房间右面的床上躺了一个老人。所有人都为她而来，拥在她周围。已经看望过老人的也不走，站着坐着在一旁，开始和其他人寒暄，聊着这热死人的天气，聊着物价高低，聊聊谁谁家的儿子有没有结婚生子。母亲拉着女儿走了进去看望躺在床上的姨婘驰。

老人家闭着眼，嘴张着大口大口地喘气。她的女儿坐在她身旁，不停地拿着纸巾帮她擦汗。不一会儿，用来隔枕头和脖子的纸巾也被汗湿、压皱。母亲端过一旁的水杯拿着棉签蘸着水一点一点地帮老人湿润嘴皮，然后也加入了一旁陪伴的行列。

似乎是听到了聊天声，听懂了旁边的人在聊自己，老人的眼睛略微地张开了一条缝，在白炽灯的照射下透着一点光。她似乎也有想说的，舌头不停地在嘴巴里卷动，但是却没说出来任何词语，只有分泌的唾液不断地流出。

女儿偷偷拉着母亲，问道：口水不会阻碍姨婘驰呼吸吗？坐在旁边的其他大人听到了纷纷叹气，表示老人已经这样很久了，也已经到了这种时候了。母亲再没有多说，就在一旁陪着。

就这样，老人躺在床上，呼吸到满头大汗，打湿了鬓角，白发贴到额头上。眼睛一会儿睁着，一会儿闭上。舌头搅动着嘴里的黏痰，吐不出来，也说不出来。可能是二十八摄氏度的空调温度太高，也可能是周围的人太拥挤，她很热，也很累。可是就在别人都觉得她要不行的时候，她又一口气喘出来。

原来自她中风以来已有几年，她两个儿子一个女儿一直照顾着她，在医院与家里不停地往返，但是也没能好转。渐渐地，大家都接受了。反正也治不好，在医院待着也是浪费钱，孩子们就把她接回了家，几个人轮流照顾。

老人很久没有说过话了，但是不代表她没有话说。她大概真的很想说些什么吧，所以一直挣扎着，没有断气。

可是她还是没能说出口。

凌晨，安静的街道响起了一阵鞭炮声。

送

天明。

家里有三个儿女，办起葬礼终归是没有那么忙碌、辛苦。

大儿子开车一家一户去告知亲朋好友母亲去世的悲痛消息，请大家去参加葬礼。

到母亲家时天已大亮。

他眼睛通红，因为一夜未眠皮肤蜡黄，显得憔悴。大儿子下车后刚好碰见她出门，便也不进门了，在家门口对着她跪下。母亲赶忙把他扶起，不让他再磕头。母亲通过他的动作也知道了。问道："几点走的?""两点多的时候。"

"等虎伢子回家了我叫他来帮忙。""嗯，好。我娘走在今天，估计要办好几天了。现在天气这么热，还真不好办。"没有多聊，大儿子就去其他亲戚家了。

二儿子在家联系承包葬礼的熟人老板，张罗着将铺面改成灵堂。

三女儿跪守在老人的遗体边默默流泪，一张一张的烧着纸钱。有亲戚前来吊唁，她先是磕了头，才起身去端茶水，然后互相安慰，逝者已矣，保重身体。

等母亲来吊唁的时候，他们一大家子都在灵堂守着，都换上了孝衣，戴着孝帽。

母亲走到茶水桌旁去挂礼，登记的人把礼簿翻到前几页，写上侄孙的名字，挂礼1000元。

二儿子的小孩还在上幼稚园，看到她们来了，边跑边跳过来说："我跟你说，我奶奶那个了！"还搭配着一个抹脖子的动作。

母亲一时没反应过来，"啊？"

小孩看到她不理解，急忙解释："我是说我奶奶挂了！挂了就是死掉了的意思。"

母亲望着小孩，没有再回应什么。已经成年的女儿跟在身边，心里五味杂陈。二儿媳妇赶忙跑过来轻打了几下小孩，"又乱说话，没打得你就是。"

到了晚上，一家子在商讨守灵的人选。三女儿说："大哥二哥昨晚没合眼，白天又奔波了一天，明天也还有很多事，今天晚上你们就先休息吧，我来守夜。"大儿媳说："就是咯，你们两个男子汉可不能累垮了，后面还有很多事有得忙。不然今天就华崽守夜吧，都二十几岁的人了，可以给娭毑守夜了。"华崽马上回道："我不，我不干。这么多人为什么要我来？我也怕好吧！为什么不让姑姑来，姑姑也是娭毑的女儿。"

后来究竟是谁守灵，早已被劝说回家的母亲也不得而知。

按照当地的风俗，在那天那个时辰离开的人的遗体要在家里停留十来天，葬礼也要持续十多天，并且每天都有不同的仪式。将近四十摄氏度的夏天的太阳每天都将马路炙烤得烫人，由红色和黄色帘子搭起的大棚罩起的空气混着汗水和烟花鞭炮的味道。漫长的工作日使人们不停地在工作、葬礼、家庭之间轮转，竟然形成了习惯。

最后一天，大部分亲戚纷纷到场，参加最后的仪式。遗体前方，和尚仍然在诵着经。而道士则在一旁专门腾出的空间利用现有的桌子椅子凳子摆阵。然后由助手燃香分发给在场的每一个人，他们接过香就跟着道士在灵堂里打转。

紧跟在道士身后的儿子女儿低着头走着，再后面的孙子孙女四处张望来人，来人看着手中的香，提防香灰烫到手或者弄脏衣服。道士嘴里不知神神道道地唱着什么，既像是在罗列家谱里的后人，又像是在安慰亡魂，使她安息。唱出来的方言仿佛是来自未知世界的咒语。在灵堂里围着阵法不断绕着的队伍的速度越来越快，人也越来越多。道士甚至开始了“变速游戏”，精神恍惚的儿子女儿反应过来了就紧紧跟上，幼小的孙子孙女却非常喜欢这个游戏，说笑着叫唤。来人跟在后面，看到前面的人在鞠躬，就随便什么方向也朝着鞠个躬，仿佛是多米诺骨牌的连锁效应，一片都弯了腰。

然后道士唱了一段谁也听不懂的奠文，戏班子来表演了一夜歌舞。亲朋好友们观看完节目，吃饱了西瓜，喝饱了茶水，就纷纷回家了。

又一个安静的凌晨，一串鞭炮声再次响起，灵车拉走了遗体。儿子再回来时，再没有沉重的冰棺，只抱着一盒轻飘飘的骨灰。

最后，在震耳欲聋的烟花声里，刺激得人想流泪的鞭炮烟里，尖锐刺耳的喇叭唢呐声中，声嘶力竭的哭嚎声里，仪仗队送着骨灰盒入土为安，葬礼结束了。

十年前，老人的丈夫走了。老人突然苍老，说不清话，走不稳路。

一年前，老人的姐姐走了。没人敢告诉她，可是她知道姐姐很久没来看她。她想，也该轮到她了。

她的三个孩子早就成家立业。她走了以后，孩子们可以减轻很多负担。小儿子只要再稍微争口气，就能在新建的小区买套房子，过上好日子。

所以她咽下了吊着的最后一口气，和丈夫合了坟，葬在了一起。和姐姐葬在了同一座山上，靠土地相连。

大棚被拆掉，丢在路面上的瓜皮纸屑也被扫掉，铺面被还原，饭店也再开张。被堵了很久的道路上恢复人来人往。来菜市场买菜的人终于不用抱怨拥挤的交通，和卖主讨价还价一番后扬长而去。连附着在柏油路上黑色石头缝隙里的红色的爆竹碎屑也在几场大雨后无影无踪。

迎

老人的侄女，十多年前在老人和老人的姐姐的介绍下也嫁到了这个村子。侄女生了一儿一女，而儿女在而立之年也相继都成家立业。

新年，儿子的媳妇为他们家生了一个女儿。

母亲又带着女儿一起去贺喜。给新生儿包了 1000 元的红包。

秀　月

何怡宁

秀月是村子里有出息的姑娘，大家都这么说。

秀月十岁，长得匀称苗条，一双细长的眼睛嵌在麦色的纤小的脸蛋上，像日光下的小河般扑闪灵动。秀月的胳膊和腿都匀称且纤瘦，像村子里其他的孩子一样细弱。

秀月的爹娘在外打工，她跟着奶奶生活。生活不宽裕，但也不贫穷。田里三亩地，农忙时大伯和小叔都来帮忙，炙热的日光糊在黝黑的皮肤上，玉米秆高过人头，全凭声音辨识人的位置。戴着草帽的秀月穿行在比她高的玉米丛里，粗糙的玉米叶砺着裸露的皮肤，她怀里抱着几个水瓶，瓶中装满凉白开。秀月将水递给人们，对方仰头，脖颈亮亮的，腻着油汗；低下头时，瓶中水已空。

奶奶从别人那里接了绣花活，她坐在堂屋里，戴着老花镜，娴熟地穿针引线，头顶上的大扇叶缓慢地转动着，笨拙而沉重。秀月有时也帮着做，她的技术不输奶奶，小珠花四角，大珠花八角，奶奶帮她计数。交活之后，秀月就揣着奶奶硬塞给她的钱去买红红绿绿的头花、缀满珠子的手链。秀月很美。

秀月也不是娇怯怯的。她是一朵微笑的云。

秀月在学校里经常拿第一名，泛黄微破的奖状糊满了家里的墙面，贴得歪歪扭扭的纸张像老年人颤巍巍的步伐。老师夸秀月这孩子脑筋灵活，将来有大出息。同学回家后跟爸妈闹哄哄地学嘴，于是大家都知道了。村里人都说，秀月有出息。秀月也这么想。

这年暑假，不知从哪里来了一批支教的大学生，秀月的学校就在热辣辣的夏天里也热了起来。支教是新鲜事，村子里有这么多大学生更是新鲜事，一切都像初春田野里青嫩柔软的麦穗，将冒着热气的呼吸都吐在了空气里，清新又浓烈。除了本校的学生，还有一些附近的学生也闻声而来，将窄小的教室挤得满满当当。

大学生真好看，尤其是那些女孩子。她们大都皮肤白皙，或活泼灵动，或温婉文静。秀月在上课时常常会看着她们发呆，不自觉竟傻笑起来。于是那个名叫陈适画的女大学生就拿着书走过来，轻轻敲敲她的课本，笑着问："你怎么发起呆来啦?"陈适画有一张纤瘦的鹅蛋脸，微茫暖黄的日光从略显脏污的窗户射进来，打在鹅蛋脸的边缘，就如将要柳絮般飞散开的流苏，微微晃荡着，描摹出灰暗又明亮的轮廓。陈适画的侧影像文人的写意画。秀月不读诗，但她浸入了迷蒙的情绪，像要为画而写诗。也许不是为画，而是为自己。

秀月作为有出息的学生一向为老师偏爱。但陈适画最喜欢的学生不是她。

小喻不属于秀月的学校，她是小县城里的学生。小喻的皮肤也是纤细白腻的，胳膊是圆润如藕的。她的眉眼是很柔和的，嘴唇像白绢上洇开的胭脂，这抹红便更显得可爱一些了。小喻的嘴唇是另一种语言，或微张，或轻抿，细微的表情便被用来代替怕羞的姑娘的言语了。于是人们说，这孩子真文静。

秀月不喜欢小喻。见人便只会微笑，真呆；与人对答声细如蚊，真呆。那样白，真像虚弱的病态一般；那样胖，真是虚浮的难看。陈适画偏喜欢她，认为小喻非常可爱，看见小喻总是笑得像星子的莹润的光。那抹光，本该是属于秀月的。

另一个男学生教课时，扶了扶鼻梁上黑色的镜框，突然提问有没有人知道中国古代的四大发明。四下里静悄悄，微茫的白雾笼络着秀月，这是她从来没听过的字眼。然而，在男学生再次发问时，小喻轻轻地举起了手，像从麦垛上滑落的一根秸秆，然后，她细小的声音，就那样轻轻地吐出了答案。男学生微笑，点了点头。秀月觉得教室里的空气破败又燥热，她皱着眉头扯了扯袖口，看到了自己细瘦的胳膊与麦色的皮肤。

后来夏天结束了，陈适画要走了。秀月心里沉沉的像坠了秤砣，却掂不清重量。告别那天，秀月看见陈适画眼睛红红地抱了抱哭成泪人的小喻。秀月突然很恨陈适画。她的好友过来拉拉她的胳膊，想要跟她一起去送别这些大学生老师们。秀月默了一瞬，突然甩手，指甲扫过对方的手背，不刺痛但很尖锐。她用带着恶意的目光扫过惊讶的好友，嘲笑地说："哭哭啼啼，这有什么好告别的，要去你自己去!"对方愣着，试探地问："陈适画姐姐……"秀月突然发了狠，她刻毒地喊："什么姐姐，你是她的亲妹妹吗？什么陈适画，我讨厌她……"声音像严冬里的破棉絮轻到没有分量，因为秀月哭着跑开了。

秀月带着家里人的希望去县里读初中了，她十三岁。

老师的声调是尖细的，像一支圆规，日复一日画圆，圆形是冗长的。粉笔在总是擦不干净的黑板上耕耘。满满一黑板，又是一黑板。作业是一张卷子，又是一张卷子。枯燥，乏味，无聊，讨厌。但很沉重。

每一个人都看重排名，学生和老师在这方面达成了惊人的一致，配合得比钥匙和门锁还要严丝合缝。秀月总是排在中上的位置，然而这不该是秀月的位置，秀月在村子里总是第一的。

但老师同样总是当着全班同学的面说她努力刻苦，说她有出息。秀月仍然也这么认为，她是这么认为的。

但老师看见更多的不是努力的秀月，是小喻。秀月没想到她又见到了小喻。小喻的成绩不是一开始就很好的，但她的成绩像蹿天猴一般往上冲，然后稳稳停在了前沿。于是老师看到更多的是小喻。还有一个成绩一直很好的明婷。秀月的老师关注最多的不是秀月，是成绩最好的小喻和明婷。但秀月只讨厌小喻，明婷没有错。

小喻还是声小如蚊。她的身量长了，鼻子，嘴巴，像水墨画里的青松雅亭，更加清晰立体了，少了些西湖烟雨的朦胧柔和。轮廓越发秀美，身材更加秀挺，然而她在公众面前似乎还是怯懦的，缩手缩脚的，带着似乎从骨子里沁出的不自信，像被勒住了脚的兔子、被拴住了尾巴的草鱼。秀月不一样。秀月不怕，她不怕在公众场合展现自己，她很自信，她更不担心结交朋友。秀月几乎跟所有人都是朋友，而小喻的朋友寥寥。这可怜的，美丽的，讨厌的小喻。这自信的，美丽的，出息的秀月。

秀月比之前要白了些，脸颊也稍微鼓起一些。她的眼睛是很美的，像昏黄的灯光下纤瘦的高脚杯里流转的红酒，波光潋滟，而匀适的双眼皮像细细的沟壑，那是华山上的沟壑。秀月是美丽的，也是努力的。但秀月的成绩仍然没有起色。

老师仍然偏爱小喻。小喻的数学考砸了，老师将她叫出去谈话，最后小喻揉着泪眼进来了，伏在桌面上无声哭泣，肩膀微微耸动，看上去真蠢。秀月坐在座位上，抱着胳膊，隔着不远的距离看小喻。她的背脊是弯曲的，她的辫尾是颤抖的，从这个角度看，小喻其实挺瘦的。秀月的心里有快意的痛苦，就像陈适画走的那天。而小喻还是在哭，秀月还是抱着胳膊，心里却好像松动了。但她看到了小喻的同桌慢慢凑近小喻，轻轻拍着小喻的背。秀月的心里又被刺了一下，她撇着嘴转过头，皱着眉呸了一声，有只飞虫冒冒失失地冲进了嘴里。

当天晚上放学时，秀月状似无意地对同行的朋友说：“下次考试我一定要超过小喻。”朋友惊讶地看了她一眼，没有说话。再后来小喻从别人那里听到了这件事情，她白净的脸上浮现出不解的神气，然而很快就褪去了，小喻继续埋头写作业。下次考试小喻仍然是第一名。

秀月依旧是那样的排名，甚至有下降的趋势。她铁青着脸狠狠地走在路上，身后仿佛刮起了带着棱角的风。她低着头，看着恍惚的人影，人的裤脚，人的鞋子。是不清晰的。她以为跟对方离得很远，然而她撞到了对方。

小喻的眼睛睁得圆圆的，口唇微张，但看清是秀月之后，她的嘴角翘起，看起来是很灿烂的笑容，却仍然是小心翼翼的、怯生生的：“是秀月啊。”她观察了一下秀月的神色，又轻轻柔柔地发问：“你不舒服吗？”秀月看着小喻，铁青色的怒气好像是被撞没了，但是撞得很疼，她突然有点想哭，她看见了小时候的竹蜻蜓，家里的羊羔。小喻的笑容是很真诚的，眼睛是黑曜石般的纯净，没有恶意嘲讽的色彩流转的。秀月想哭。

好像是一把琴的丝弦断了，看起来颓然无比。这弦，怎么会断呢？而主人的疲态清晰无比，主人的笑容无奈无力。秀月感到累了。讨厌的小喻。讨厌的……小喻？

班里的同学都知道小喻讨厌天泽。天泽喜欢小喻，在好事者询问时故作高深地微笑，煞有介事。天泽想方设法靠近小喻，在好事者起哄时也心满意足地高深地微笑。然而小喻不喜欢天泽，她讨厌被起哄。小喻鼓起勇气找天泽谈话，天泽却做出很诧异的样子：“我没有让别人误会啊，其实我们两个什么都没有，你也不要误会。”小喻气得发抖。

秀月跟天泽看起来是朋友。

天泽经常找女孩子们说话，他眉毛一挑，嘴唇轻佻地抿成不均匀的拱桥形，猫一样的眼睛看起来透着一种无赖感。他尤其喜欢听女孩子们的轻斥，喜欢亲昵地叫女孩子们的名字。这是喜欢小喻的天泽。

然而秀月跟天泽说话是不带着心神的。她看着天泽的姿态像是轻飘飘的，倾听时眼角微微下垂，微笑，却不轻斥。她用一双美丽的眼睛看着天泽，像看着一面墙。天泽在她面前拐弯抹角地提着小喻，各种亲切热络，秀月想着他带给小喻的困扰，眼神就越发清淡，心里有怪怪的感觉，也许是因为对天泽的瞧不起。秀月时常若有若无地瞥小喻一眼，她很清楚在天泽的小动作后，小喻的眉头是怎样皱起，嘴唇是怎么抿起，看起来要哭似的。小喻真没出息。

但是天泽浑然不觉秀月的清淡，他继续扬扬得意地对听众暗示。他微胖的脸庞因笑容而更显得肿胀，很自在地拍着秀月的肩膀，笑眯眯地说：“昨天放学后，我们组在教室打扫卫生，小喻突然折返拿东西，进来时还深深看了我一眼。哎，她早知道值日的是我啊。”说完又故作深情地看着不远处小喻的背影。小喻安静地坐在那里翻着书，背脊总是挺直的。却原来小喻瘦了，没有了十岁时的模样。秀月眼里看着小喻的静默，耳里听着天泽的聒噪，心头突然烦躁起来，像一团皱起的破布。她拨开天泽的手，微笑地、嘲讽地说：“你这样可真无耻。”她知道自己现在的眼神会是极其厌恶的，甚至可以说是极其恶毒的。看着天泽愕然的样子，秀月心中生出快乐的感觉，这次是真正的、不掺杂质的快乐。

秀月还是在努力学习，依然进步甚微，她的成绩还是停在那里。她看到老师探究的、无奈的目光。秀月的笑容挂在脸上，像一块湿淋淋的手帕。她做过不得答案的思考，为什么她是村子里有出息的姑娘。

秀月熟悉田地和阳光。冬天的地是光秃秃的，又不全然空旷，到人脚踝高的麦秸秆斜斜地插在地里，顶端还是锋利的，夏天刚收割的时候能狠狠地刺破人的皮肤。她知道底下埋着麦种，知道这里撒过化肥。化肥的味道很难闻，样子却讨喜，一粒粒的，不均匀，不一致，白白净净，像电视里那些美丽的玉石的质地。她把手伸进大红色大黄色的麻袋里，捧起一手的化肥，把手心盖得严严实实。她知道麦收过后紧接着就种上了玉米。玉米长得很高，遮得看不见人，但人的声音还高高地透过来，像赤辣辣的太阳光一样灌进耳朵里。玉米秆折断了，玉米被拿走，但根部附近的秆是可以嚼的，扯掉外皮，放入嘴里，淡淡的甜味吝啬地点过舌面，像小水坑上溅起的一点，但也足够了。

她知道小羊长得很快，出生几天之后便能满院子乱跑，小羊的眼睛是清澈的，干净的，可以触动她的。她知道怎么把土豆切成细长的样子，知道怎样放柴火才最节省。

她见过大日头下的人皱眉咧嘴的样子，发黑的衣服紧紧贴在皮肤上，汗水濡湿了一大片，像是一片海。古铜色的皮肤刻着深深的皱纹，眼角旁边藏着柴火的灰烬，额头的汗水滑下来，手却在忙着，于是那汗水缓缓漫过眉毛，流入眼睛，辛辣的感觉。

这些好像都成了上个世纪的回忆，乌油油地沉在角落里。沉寂的记忆莫名被唤醒了，月亮的光啪嗒掉到地上，惊醒了睡梦中的人。往事在她的脑海里不断播放。深夜，秀月躺在床上，想着过去出着神。

十五岁，秀月上了高中。她依旧被老师夸很努力，而她的成绩在学校里越发不起眼了。但老师仍然会语重心长地告诉她："好好努力，你将来会有大出息。"秀月微笑。

秀月看起来更清淡了，身上好像多了几分小喻的气息。她的一双细长的眼睛里盛着清水与浓墨交融的色彩，当这双美丽的眼睛望向窗外时，湛蓝的光影映入她的眼底，跳跃的阳光与灰绿的树叶砰的一声相撞，却原来是一只鸟在懵懂地欢唱。她像一幅文人画，微黑的肌肤是淡墨扫过的痕迹，下颌线的笔触是传神的、会意的。日光照进来，她坐在阴影里，日光的梢头划过她的黑黑的头发。

秀月回到村子里，经过她的小学。学校不知道什么时候翻新了。教学楼涂着鲜亮的红色，在同样发着亮的阳光下很是好看，像小姑娘染在指甲上的桃红的艳。高大的校门不再锈迹斑斑，原来一块块油漆掉落像豁了牙，如今却整个披上了银白。正是上课时间，小孩子的读书声整整齐齐，像春节的鞭炮冲入耳朵里，捂也捂不掉。从大门这里伸着头看，还可以看到教室里小小的人影，似乎有个小孩子注意到了校门口的秀月，他扭着脖子直勾勾地看。

秀月用手捏着校门的铁栏，她高高地抬起头，长发簌簌地扫过她的背，阳光浓烈地进入眼里，刺痛得想流泪。少女秀月亭亭玉立，像一只鸟儿敛翅栖息在了校门旁。

鸟儿静默无声。

而村子里大人们依然在对小孩子们说，秀月是有出息的姑娘。

火烧云的光

冀美同

天空被夕阳染成了血红色，大团大团的云彩泛着微微金光，紫色的霞光自云层后射入，被厚厚的云层遮挡住，只能透出丝丝微弱的亮紫色的光亮。巨大连绵的金色云彩铺满整个天际，似有神祇踏空而来，将巨大威严的金身法相铺满整个天空。低垂的桃红色的云彩又像一张自天空张开的大网，向地面和河面铺展开来，云彩倒映在河面上，将河水也染成了金红色，在风吹拂过的波涛下，泛起彩色的涟漪。夕阳映照下，五光十色的河水奔腾不息，推着欢快的浪花向远处的大海奔去。整个河面流光溢彩，此时此刻，天边像是燃起了熊熊的烈火，烧红了整片天空，也染红了大地。

“爷爷，快看，是火烧云呀！”夕阳的余晖下，一高一矮手拉着手的两道影子被拉得很长很长，落在被火烧云染红的地面上，仿佛泼洒在画卷上的水墨印。爷孙俩拉着手，孩子的头靠在爷爷的腰上。孩子满脸兴奋，扯着爷爷的手，晃着爷爷的手臂，指着天边火红的云彩对爷爷高兴地叫道。生活幸福的小孩子们的快乐就是这么简单，一点新奇美好的事物就能吸引他们的目光和兴趣。而爷爷望着红得耀眼的晚霞，眯了眯眼，转头看向波涛汹涌的河面，将目光投向远处河面上的那座水泥桥，思绪也随着这滚滚河水飘向远方……

雷声滚滚，豆大的雨点倾盆而下，乡间很快被染上了一层水雾，影影绰绰地可见田间绿苗随风摇曳，小屋雨檐下，当年才六岁的小顺扯着爷爷的衣角问道："爷爷，下了这么大的雨，今晚会有火烧云吗?""会有的。"祝老村长望着天说，"小顺喜欢火烧云吗?""当然啦，那样的云彩多好看呀，红红的，像是有一团火在烧着天上的云彩一样，不光颜色漂亮，云彩的形状也比平时的要好看，小顺最喜欢的就是火烧云啦。""小顺说的对，火烧云是最美的云彩。小顺你知道吗，火烧云一来啊，就代表着花草粮食茂盛生长，蓬勃的时候要到了。""真的吗? 那我更喜欢它了。"小顺开心地抓着爷爷的袖子说道。要是这出山的路也能像那天上的云彩一样，能轻飘飘地走过去就好了。祝老村长看着远处因降雨变得更加湍急的大河，心里叹道。

祝家村是这群山中普通的不能再普通的一个小村庄，是和周围其他几个村庄一样的名副其实的贫困村。唯一不同的是，祝家村村前有一条宽阔无比的大河，波涛汹涌的大河给祝家村提供了丰富的灌溉水源和水产资源，却也带来了严重的洪涝灾害，更为糟糕的是还阻断了这个小村庄对外联系的道路，奔腾的巨浪个个像得了势的恶霸，咆哮着挡住通向外界的去路。面对这样的难题，祝老村长自任村长以来，一直兢兢业业，积极治理水患，秉承着"靠山吃山，靠水吃水"的原则，力图治理好这条水患频发的河。前天，正是祝老村长带领村民们挖的新排洪河道竣工的日子。"这火烧云来的还挺是时候，红红火火的，也算是老天爷给我们庆祝河道开挖成功吧!"老村长感叹着说道。

"爷爷，河道已经挖好了，有了新河道，以后我们就不用再担心房子被淹了。可是爷爷看起来为什么还不是很开心呢?”“因为我们同这河的战斗才刚刚开始啊。这条河道，只解决了汛期洪涝问题，可没有桥，村里人始终出不去啊！要是能再建座大桥到对岸就好了，以后过河再也不用翻山越岭，就可以直接从桥上走过去了。”“爷爷，那我们什么时候建桥呢?”年仅六岁的小顺眨着懵懂的眼睛问着自己的爷爷。“再等等吧，我们一定会建出一座桥来的。小顺，晚上想不想看火烧云?”“好啊好啊，谢谢爷爷!”

“耶，我们成功了!”“啊，水坝终于建成了!”“是啊是啊，以后再也不怕这河会泛滥淹没庄稼了!”“太好了，村长，这么多年的治理终于是要有好结果了!”村中众人抑制不住内心的喜悦，不断地欢呼着，祝老村长的脸上也浮上了发自内心的笑意。天边，云彩似被点燃了的焰火般，红彤彤的，也替这村庄里的人们传递着快乐。老村长望向天边，心里的快意止也止不住。还记得小顺六岁那年，村中才刚挖了新河道，解决了洪灾泛滥问题，自己牵着小顺的手，沿着奔腾的河水慢慢地走，那时，也是这样火红的云彩。转眼间，十载光阴流逝，水坝已然建成，河水泛滥问题终于得到了彻底解决。想着想着，笑意不禁爬上了老村长布满皱纹的眼角眉梢。

“小顺啊，考上大学是多么不容易的事，城里的工作多好，怎么又回来了呢?”祝二大爷关怀道。此时的小顺，已不再是当年的懵懂少年。放弃了城市里条件优越的工作，毅然回乡的他已经成长为一名优秀的共产党员，今天的他，要继承爷爷未完成的事业，带领乡亲们脱贫致富，这是爷爷祝老村长临终的嘱托，更是自六岁起埋藏在他心底的志向与抱负。他对祝二大爷笑了笑，说："二大爷，我这次回来，就不走了。咱们村地好水好，种出来的庄稼粒大味好，这是多好的资源啊，可外面的人却不知道。我想好了，我要带着大家一起修桥，带领大伙走出去，把庄稼卖出去，领着乡亲们脱贫致富！"扶贫干部不好当，这个道理小顺在回乡前就清楚，可小顺有股拼劲儿韧劲儿，又是拉投资，又是做动员，走断了腿，磨破了嘴，筹备工作总算是有条不紊地进行了下去。在小顺等人的努力下，联通内外的大桥就这样在火烧云的笼罩下开工了。

大桥的建设过程称不上顺利，在这样凶险的河上建桥更是艰险非常。小顺这些年流泪，流汗，流血，日日夙兴夜寐，风雨无阻地参与桥梁建设，亲自监督甚至下场帮忙。多年的操劳，让他由刚回村时意气风发的少年郎变成如今饱经沧桑的模样。可喜可贺的是，当天空再一次燃起火红的焰火，盛开绚烂的花海时，这座沟通村庄内外的大桥终于建成了。小顺看着村里大家伙儿激动的神情和幸福的笑脸，心里也乐开了花，觉得多年来的努力和付出都是值得的。看着这座傲然横跨于河面之上的崭新的大桥，小顺悬在心里多年的石头终于落地，"爷爷，您看，我们村终于有连通山外的大桥了，孙儿没有辜负您的期望，也没有辜负自己的理想。您都看到了吧，大家笑得多开心啊。"小顺站在新落成的大桥上，望着天边火红的云彩，郑重地掀开了蒙着桥名的红布，以村长的名义正式宣布大桥投入使用。由于大桥的修建，内外交通愈发便利，祝家村很快便脱贫致富，摘下了贫困村的帽子，人民安居乐业，村民生活富足，成为了名副其实的"幸福村"。

"爷爷，爷爷，您看，这云彩把咱们的大桥都给染红啦！"小孙儿的声音拉回祝小顺早已飘飞的思绪，祝小顺又向那汹涌奔腾的河上望去，火烧云燃起的红霞，投射在波光粼粼的河面上，似有粒粒金珠从天空金红的云网中掉落，坠入浪花，随着波浪翻滚，显出亮眼又多彩的颜色来。大桥被红色的云笼罩着，现出雄伟又神秘的模样。长桥的尽头仿佛已延伸至云层中去，像极了一条通向天空的长阶。祝小顺知道，这长桥，是架在河面上连通村里村外的桥梁，更是引领祝家村经济发展的桥，是能让村民们过上好日子的桥；这火烧云，虽是落日余晖，却更是祝家村的希望，用自身的光照亮祝家村的傍晚：燃己之身，染红整个夜色下的村落。火烧云，挂在天上是云，照进村民们心里的却是希望和幸福。

一片红云笼罩下，几束金色的阳光透过厚重的云层射进来，夕阳的光辉正照在那桥头。桥头石板上“村长祝小顺携乡人共建”几个字与天上的火烧云染成了一般颜色，在阳光下愈发熠熠生辉。

五峰旧事

冯雪琴

大清早，一阵嘈杂的喧闹声将我从梦境中拽出来，我猛地睁开双眼，发现一缕缕的阳光已经从床尾转到床头，心想再不起床一定会挨妈妈的数落。我一个扑腾从床上跳下来，一路小跑着到窗户前踮起脚尖向外探望着，一眼望去都是层层的梯田，弯弯曲曲地匍匐在大地上。我家的坝上人头攒动，有的站在田埂的上头，有的围在一起拉拉扯扯。我依稀听见妈妈的大嗓门在跟人争论着什么，然后就是村民在劝架。我对于这类事件已经大致明了，便连忙去打开我的暑假作业，一笔一画地描摹汉字，心里却分心想着什么时候可以吃饭，肚子发出咕噜的饥饿声。外面的吵闹声渐渐消失，但厨房里依旧没有动静。终于，听见爷爷在隔壁叫我去吃饭，我迅速地扔下笔就向饭桌子奔去。饭桌上放着两碗米饭，一碟炒菜和素菜汤，平平无奇的午饭。靠近桌子，我感觉今天的气氛有点不对劲，妈妈的脸上阴云密布，沉默地坐在桌旁，“他陶芬就是欺负人，仗着自己是村长的亲戚，说到底就是我们家里太穷了，要是有出息点谁还敢这么明目张胆地占我们便宜!”妈妈又带上了那悲哀的语气在我们面前宣泄。在我从小的印象里母亲就是这么怨艾，我逐渐明白我家在五峰村里是属于贫穷的一类。爷爷听见之后没有说话，只是将我抱上凳子，担心我夹不着饭菜，实际上已经六年级的我早就可以自己夹到喜欢吃的饭菜。爷爷叹气接道："陶芬有村长作靠山，而且村组里面有权势的人都跟他们的交情不错，而且，那块地本来就搞不清楚，我也懒得跟他们拉扯。"听着妈妈和爷爷对话，我懂得是邻居想把原本两家共有的地划为自己所用，现在闹得不可开交。那我还可以去找小青去玩石子捉迷藏吗？吃完饭后我急忙跑到邻居家的木屋外，连着叫了几声后，陶姨从屋里走出来，随意瞥了我一眼说："小青不在家，回去吧。"我还想说什么，她已经把门闩上了。从这之后，我每次在门前看到小青，想找她像以前一样一块玩耍时，她便远远地跑开了，好像我是洪水猛兽似的。徒步上学的日子里我很少看见小青的身影，只知道她换了新伙伴。那块地后来果然划在了陶姨家，我看着村长在她们摆的酒桌上胡吃海喝。他双颊翻红，嘴里说着"够了够了，喝不下了"，又伸出筷子去挑选为数不多的肉。妈妈尽管心里愤懑不平，却无计可施，只是嘴里天天念叨着让我认真学习，说没出息只能任人欺负，读书是唯一的出路。我只是愣愣地点头，似懂非懂。

时光匆匆如流水，我的小学六年的生涯飞似的结束了。十月临近，五丰村的氛围活跃起来，处处张灯结彩，村里大祠堂的香火旺盛起来，一年一度的花灯节即将到来，少女少妇们开始筹备花灯的制作，各式各样扇形的外缘花边和扇子使用的顺滑程度充分展现了制作者的手艺，当然，选择跳花灯的人物也是村里具备丰富经验的三十左右的女人。我特别喜欢凑热闹，在花灯仪式未开始之前，便和村里的小伙伴蹲在地上观察蚂蚁搬运食物的过程。每个孩子的手上都拿着一根树枝恶作剧似的对着蚂蚁戳来戳去，仿佛特别喜欢它们落魄逃窜的狼狈样。正当我们沉浸在玩乐中时，一个粗暴的声音在脑后响起，"都给我起来，有零花钱的给我交出来。"原来是远芳恶狠狠地对着我们这群孩子喊话。她是袁妈家的女儿，已经十五六岁了，爸妈长年在外打工，一直是爷爷奶奶在照看她。平日从大人的嘴里经常听见她的“伟绩”：昨天在学校把老师打了，今天又和女孩子发生口角，是个坏孩子；用大人的话来说“这个孩子废了”。突然的状况把我吓住了，一个年纪稍小的女孩哇的一声哭了。“恶霸”担心引来麻烦，就拎着小女孩的衣服威胁说，“你再哭，我就把你卖给人贩子。”果然，这把小女孩镇住了，只是抽抽搭搭地啜泣。我知道坏人凶起来很可怕，便打算乖乖地掏出一角钱。那时候的一角费可以是一个人一天的伙食费。这时候，我瞧见一个背着篓筐的姑娘路过，她穿得比较破烂，泛黄的上衣将她的脸部衬托得更加苍白，我知道她是村尾家的江南。听说江南8岁时由于在外贪玩，她的母亲扯着暗哑的嗓子到处寻找，后来突发心脏病去世。无赖的父亲认为这都是江南的错，失去了母亲的她又承受着父亲的辱骂，辍学后一直在家操持家务。可是父亲经常虐待她，吃穿难以为继。江南迈着步子朝我们走来，她苍白的脸上却有种坚决，“欺负一群孩子算什么，等会我去叫人了。”她细软的声音让人听着很舒服，我抬头看见江南同远芳对视着。终于，远芳自知理亏，只是回头对江南说：“你以后少管闲事。”在远芳走远后，江南什么话都没有说，转身离开，瘦削的身形在晚风的吹拂下显得更加单薄，但我明白这是个好人。当晚的花灯节几乎全村人都来到祠庙，中间点燃了一堆篝火，火焰冲上天空，照亮了半边天，村庄里的大人小孩围成一个圈，跳花灯的女人早已换上带着苗族特征的服装，头上的银色吊坠闪闪发光，手中的花灯在她们的手中运转自如。可是我想去找江南姐，我手中有爷爷刚给我的一块肉饼，我想去和她一起吃。但是我找了一圈都没有发现她的踪影，倒是碰见了“恶霸”，我在她发现之前马上跑开了。今天注定是个不平凡的日子。

第二天，我早早地起了床，心中莫名其妙充满了不安，我照旧一个人去叔叔家逗小狗。叔叔常年一人独居，老伴几年前去世后他就自己在家，儿女在外拼搏。还未走到门前，我就听到叔叔谩骂的声音，“是哪个砍脑壳的把我藏在柜子里的十元钱偷走了?”大黄看见我就直冲冲地奔我来，兴奋得直摇尾巴。叔叔从房间里走出来对着我说：“小婷呀，昨晚不知是哪个从我家窗户进来，撬了我的柜子把钱给偷走了，大黄昨晚都没听到声响。”我听后心中非常震惊，脑海中闪过“恶霸”的脸。我义愤填膺地把昨日发生的事情告诉叔叔。听我说完后，叔叔气愤地去找袁家。我没有跟过去，后来叔叔说远芳一直不肯承认是她干的，“我就知道这个瓜娃不成大事，平日偷偷摸摸，什么事干不出来。”这件事在村里面迅速传开，“恶霸”声名狼藉，大家都心照不宣地认为偷窃一事是她所为，而我认为自己是“揭发”她的好孩子。事情过去一个星期后，我一人惬意地躺在沙发上开着电视，耳边不时传来窸窸窣窣的声音，我马上调小音量，竖起耳朵，听到从厢房里面传来细碎的脚步声，我有种不祥的预感，悄悄地到外面去叫来爷爷。我紧随其后决定到厢房一探究竟，既刺激又害怕。爷爷猛地打开门锁，吱嘎一声推开大门，爷爷大声叫道：“原来是你这个小偷。”边说边从一旁抄起扁担去打小偷。我探头看到一个瘦弱的身影在屋里慌乱躲避着，是一个女生的声音，是江南……爷爷并没有用力打她，只是带着她回到家。她在经过我旁边时望了我一眼，那眼神中包含了很多情绪，我明白那是一种绝望和痛苦。那是我见到她的最后一眼，听爷爷说她的父亲在夜深人静的时候把她吊在木桩上鞭打，惨叫声令人不寒而栗。我知道原来上一次的失窃案件也是江南干的，明白了江南用钱的理由，我想做什么却好像无能为力。几天后，村里面有两个人出走了——江南和远芳，她们是夜晚离开的，没人知道她们是否结伴而行或者独自游走，有人叹息，有人庆幸，无人关切。

这些事情已经过去多年，村里面的人来来去去，时代更迭起伏，物是人非。村庄里面换了村长，各家各户的子女长大成人，物质生活改善，一角钱已经不再买得到棒棒糖……曾经出走的一个女孩回来了——远芳。回来后我第一次见到她是在她的婚礼上，宴席办得很热闹，那一代的村民们早就忘记了前尘往事，人们无法将曾经自己认为“废了”的坏女孩跟眼前这个貌美可人的新娘联想在一起，我在人群中看到远芳的脸上挂满了笑容，看起来很快乐。我仰头望天，希望另一个女孩子也能改变自己的命运，在无人知晓处默默幸福着。

北有东昌

徐燕琦

风雨不动——此心安处是吾乡。

小城蜗居在齐鲁大地，是我的故乡——聊城，又因徒骇河从东北流过聊城茌平，“东”又加含吉祥意之“昌”，因此古名唤作东昌。东昌湖环城而建，波光粼粼，自宋熙宁三年便印入史册，又在明洪武七年拥有了光岳楼这位老友，楼依水而建，湖水环抱古楼，岁月安然。记忆里有很多它古香古色建筑旁的水光波纹和温柔湖风，还有巷子里各样的营生小摊，沿着街边一排便是一整条巷子，市井人烟，清脆的吆喝，嘈杂的交谈，亲切的方言，仿佛这就是它了。

它被我定义为故乡，人们用曲调、文字、画作来形容它，修饰它，也有人说故乡就是一个气场。我不知如何用一个简单的字词去把它形容。它很小，不发达，不大的城区里兜兜转转着一代又一代人。也许是环城而过的东昌湖，水波流连里吞吐着河岸的风光，碰撞石壁的声音涵澹澎湃；也许是巍然屹立的光岳楼，温柔坚毅地站立在风中，雕梁画栋，青灰色的砖瓦承着栏杆，遥想当年，才子佳人凭栏远眺，畅快直言，历史的秘密被风听了去，被砖瓦听到，被河流藏进水波的沉浮跌宕；也许是那古老安稳的大运河，平静地流淌着，回忆往年的车水马龙，热闹喧嘶，而后接纳今日的安宁祥和；也许是傅斯年季羡林孔繁森，一代代贤人，文武各有专攻，浓墨重彩地挥斥方遒；又或许是巷尾街头升腾起的热气，是独一份的特产，是胡同里叫喊孩子回家吃饭的乡音，是蜂拥迭起的高楼，是拂耳而过的风……它很厚重，也庄重。安安稳稳地窝在记忆里，想起的时候，鼻头会发酸，具象化的各种景物变成带着朦胧光影的画面，安静祥和，不争不抢。

故乡是它独一份的声音。声音是很浪漫的意象，独特的地区、独特的声音光景。市区繁华又嘈杂，霓虹灯节能灯染亮夜空——现代化的狂欢，立交桥车辆行动迟缓，却大多为一个目的：归家。车声，人声，最后都归于那盏安稳的柔和的灯，奔去有光的地方就是归来。古楼旁边会有夜市，嘈嘈杂杂，各种营生，大人说，这就是日子。路边会亮起灯笼，乡音飘在湖风里，糅杂了孩子欢呼的尖叫，家长担心的告诫，大人不挠的砍价，摊主无奈的笑声。北方方言直接短促，高声时像极了吵架却又很快化于对视后的笑容，熙熙攘攘，市井又可亲。老人在湖边唱戏听曲儿，摊子旁边鹦鹉在学人说话，学生们放学后一路畅谈。湖上放了烟花，绽放了整个夜空的绚烂，所以故乡人的生活都是五彩斑斓的独特。乡村安稳却喧闹，鸟儿在电线上叽喳，烦得孩子们拿石头去吓，惊得鸟儿往各个方向飞，小孩子们得逞，很快转战下一个“恶作剧”。胡同旁老太太道不完的家长里短，高声喝的，低声絮的，都被路边的野草听了去。小商贩一如既往地吆喝着，韵脚押得极好，从村头转到村尾，从晌午到太阳西沉，敲着木头梆子，响响脆脆的——这是约定俗成的暗号。等到太阳醉悠悠地往天边去，把天空染成酡红的时候，大人要喊野孩子回家吃饭。小孩子边应着边往家跑，小孩子跑得飞快，可时间总追得上。炊烟被风吹得有点淡，晃晃悠悠地往天边去。入了夜，便是成群的蛐蛐，唱歌般地叫着，在草丛里传来，又找不到踪迹。小孩子总要抓，拿着个瓶子像是探险家。夏天还有蝉鸣，各种各样的叫声此起彼伏。碰到下雨，蛙鸣便占了主场，越到晚上叫声越响。大人们把小孩们捞回家睡觉，还得哄着给小孩们“解闷儿”（猜谜），猜着猜着，就睡得呼呼香。第二天一大早又跑出去，阳光照在门口的瓷砖上，蒙上一层薄薄的水雾。“记得回家吃饭”，大人的话在后面追，半大的孩子跑得快得像风。

故乡是它独一份的气味。东昌湖的风裹挟着水雾，扑在脸上软软的凉意。古城墙边上长满了绿苔，满是潮湿的味道。路边早餐小摊是浓郁的地方风味。包子铺前络绎不绝，油条呱嗒的香就是无字招牌，将做好的面点在油里过完切开，香喷喷的热气钻出来，荤素搭配得相得益彰，勾得人驻足尝鲜。梨园里的梨花开了一季又一季。花开的时候也落，树上、地上全白，像是穿了白色的裙装，又戴了白色的簪花，淡然不失娇俏。年年盛放，引得游客一轮又一轮。而那黄土大地静默地守护着小小的村庄，庄稼人以农为生，面朝黄土背朝天，一辈子躬耕，最后又回归黄土，在生命的终结走进那片黄土的怀抱。从哪里来，到哪里去。庄稼一年两季，收成的月份里，玉米或者小麦堆满了院子，有植株的清香，掺杂着尘土的那一份味道，安安心心。老爸还在厨房做饭，葱姜蒜将海鲜、肉类的香气释放得彻底，蔬菜加到锅里再多一份本味，小家伙们趴在桌上，眼睛快把厨房的门望穿。小猫在屋门口晃悠，叼去一块两块掉落的菜品解馋。长大离家在外，吃什么都不是最对胃口的那份，家里的粗淡小食却往往是日常怀念。那些故乡独有的历史与光阴，氤氲出来的风俗与习惯，都是它特有的文化记忆，也是我的独家记忆。故乡的风总是借着阳光乱跑，莽莽撞撞往人心里撞，于是任性地留下了它的印记，磨不平，时时想起。

它有点像老者了，平和地呼吸，卧在北方一隅，送走了一批批孩子，也接纳一批批新人，温柔也客气。它的水养人，风养人，气味也养人。我想起故乡的时候，会是宛曲柔和的水流，会是广袤包容的大地，会是清雅庄重的风，会是一位位让人铭记的人。它默默奉献，无言却又怡养一代又一代，自己在风雨穿梭中亘古不变，安卧在北方大地，水清风吟，坚定清和。

城　北

朱　冉

当那辆载满了人的客车缓慢地从车站滑出时，我就站在街道旁，吃着一根雪糕，出神地望着。夏天太阳挂得很低，烤得我脖颈生疼。空气燥热而黏稠，化掉的雪糕顺着棍子流到我的手上也是黏稠的，但我没有纸巾擦拭。很多事的经历我至今仍然记得，但做这件事的动机早已经被忘得干干净净。同样的，我忘记是出于什么目的站在那里。那天下午，烈日炎炎，我站在城北车站那里看了一下午，从车站进入又离开的客车与旅人。

热的感觉已经被时间模糊混淆，我能记起来的只有灼热的触觉和让人睁不开眼睛的刺眼光束。外面漆着蓝色的客车载着人，从我身边经过，卷起尘土。我赶紧屏住呼吸，然后看着那辆蓝色的巨兽消失在街角的尽头。

如果最初的告别体验来自生活经验中，那我应该就是从看着这一辆一辆车子远去中学会的别离。

城市的北边是历史遗存的地域，也是如今被人忘却的角落。河流为百年前的城北提供了优越的水运条件，也在百年后的今天阻碍了城北向城市的更北边延展。医院、学校从城北迁出，来到东边的新区。人们的步伐也跟随着来到南城、东城。城北渐渐成了小商品批发市场，唯一的贯穿城北的道路两边，商户的卷帘门紧闭。二十世纪九十年代风格的招牌上，布满了霉点和破洞，字迹褪色到辨认不出上面写了什么。路边停着的仅有一辆车，挡风玻璃碎了，雨刷那里夹着一张写着“此车出售”和一串电话号码的纸。

路两旁树木长势喜人，鸟鸣声胜过人声。

可是我一直坚信我是属于城北的。

我小学六年在城北度过，当时的颓势还没有渗进城北的肌理中，街道上人流拥挤，到处是谈话声脚步声，喧嚣伴随着远处的烟囱冒出的烟，一起升向城北的空中。学校的坐落使这里生机勃勃，学校的迁走使城北失掉灵魂。然后家人的单位也从城北迁出，政府迁出，城北只剩下一个偌大的客车站。客车站里停着陈旧的各色大巴，来到这座城市的人有很多根本走不进城市的繁荣，就对这里固化了古旧破败的印象。他们只看见紧闭的窗、无人的街巷，却看不见这里的过去。只有仍旧维持着生计的钟表店还运营着，钟表计算着什么时候城北被人真正地遗忘。

可是我还记得每次过年的时候，我和父母总还是要来城北的，购置年货，打开车的后备箱，将一件件承载着新年意象的物品放进去。那里有全城最大的烟花店铺，之前的每年，我都会去挑选不同的爆竹，在乡下的外婆家的院子里玩。新年的夜晚，一般是有雪的，只是不厚而已。玩起爆竹时一点也不觉得冷，只是害怕火花会溅到手上。乡村的夜晚格外黑，外婆家的灯光是附近唯一的光源。我想念这样的夜晚，和我想念城北的感情相似。

我已经很多年没有放过烟花了，就像我很多年没有再次来到城北。我渐渐习惯了在城东的生活，这里生活便利，街道干净。只是行道树还是一副营养不良的样子，可能是水土不服，毕竟是新区，树都是从绿植部门调过来的，稀稀落落立在路边，两棵之间隔了很远。

况且也没人稀罕这些树。

我想起城北那里流经的河流，它的名字叫枞川，汇入长江。堤岸那里满是又高又笔直的树，连成一片，郁郁葱葱，夏天的时候也不太热。在那里，树影盖过了堤坝上的道路。一辆辆蓝色的客车从树影中驶出，经由原先喧嚣的街道经由人群向远方开去。

我也坐上了车，跟着车一起驶离街角，现在还没有回去。

但是我想，什么时候还是得回城北看看，不一定非得是夏天，冬天也挺好的。

不知道会不会有什么不同的感觉。

这样的念头光是出现，就足以让我欣喜若狂。

土　狗

杨　喧

谈不上血统，黑白黄毛的，尖耳耷耳的都算，粗养着就行，没什么忌讳。没了可以细细计较的地方，就显不出一些讲究的高贵之处，讲起来自然是有些掉身份的事。

说来说去一个土字，印象里也只有模模糊糊一长条，应该是黑的凶些，黄毛黑嘴的野些，黄的憨厚些，天天土里来山里去，都是一副灰扑扑要匍匐到地里去的样子，说不定如城里流浪狗那般长毛结成一绺一绺，挂一身硬灰疙瘩。就算土狗可会打理自己，短毛巴巴地贴肤，看着清清爽爽，那也有土藏在皮毛之下，摸上去不比焗过油的棕榈麻布软，收手一看黑了指腹，捻着滑腻腻的，半是油半是灰土。

除此外搜刮脑髓好像也说不出别的，平常老是说人，人总是更愿意下功夫说人，把要说的跟人扯上关系。发现土狗有些品质做人看是顶好的，人便有些看得起它，夸它忠诚，施舍个好脸色。但人又聪明，明白一贯捧着是大忌，不能够好词儿全给它赖上了，便做了个狗模子，把对人产生的愤懑讥讽也通通往里一摁，就造出了张包着人馅儿的狗皮子。

不管懂是不懂这些，土狗自顾自地忠诚着，圆滑着，只管尽着看家的主职，练着这一身吃饭的看家本领。

打头就是这张嘴，要以御外守内。首要便是认人，熟人亲戚，点头之交，生人乃至小偷之流，鼻尖翕动立马分明。态度要分明，哪个应是呜呜着摇尾欢迎，哪个只需清两声嗓做门铃，哪个需要喉底咕咕待发乃至嘤嘤狂吠，什么人该怎么做，它们全摸得熟。至于有人要说还有些拴着的狗，只勉强温顺于主人，见生人就发狂，甚者从小养不熟，连主人都叫咬的，那算什么？或许那只算野狗遭了横祸被掳进人家，不应作土狗解。

并排的重头戏是挑嘴。合格的土狗自有一套屋内的礼仪，先是生肉不沾，人拿生肉去诱也不能理。主人吃饭的时候它也跟着吃，以地为桌，再馋那肉骨也要等离筷落了地再开动。家鸡更是绝对禁区，以至于鸡胆养肥了，抢狗食踩狗脚那都是常事。狗只懒洋洋地腾个位置，早已见怪不怪。屋外又有屋外的逻辑，去别人家闲逛有时叼个猪耳回来的事也有，途中邻里都瞧着乐，等主人要归还时一嘴嘴去问，邻里才笑呵呵指出失主。若是进了山，更是一跃三尺咬点麻雀打牙祭，也没人管得着。有时叼着鸟雀回家给主人瞧见，一兴起就往狗嘴里一掏，洗洗也不嫌弃，炒炒尝个鲜。土狗只顺从地舔舔鼻子，怎么办？等着骨头呗！

不止日里鸡飞狗跳地看家，夜也得守。守夜，那自然只能栖在屋外，两件旧大衣在屋檐下墙角一围，就当个窝。夏夜燥热还好，能信步上屋边丘林子乘个凉夜，禾场旁镇宅的一棵桂花树，屋后的一片长竹，主人家两山头茶树或橘林，正月栽起的石榴和板栗苗，和着朗月或雨露，夜里尽归它一狗享有。冬夜有些不轻松起来，碰上猛冬几个月熬不住，白天冻出些不大好的反应，主人家也只能多给两片肉，饭兑肉汤泡软些，该看家守夜还是照旧，并不能给特别优待，害了其他病也一样，全凭自身造化捱，赌的就是一条命够硬。

土狗确实大多命够硬，可能是大黄之类贱名好养活，还是旺财之类讨了喜气，总之守冬夜不成大问题，日里多憩息会儿也就恢复了。像年前后老主人架起大圆锅，烧着旺火待客，狗也凑去烤火暖暖身子，眼一眯一睁还燎卷了几根胡子。更多的时候是蹲坐在灶旁巴掌大的小铁盆边——显然是平时老主人更常用的——守着大块的灰白炭烬，余热不知道够不够暖着个下巴，总之在眯眯着眼打盹了。

春夏秋冬年复一年，土狗面容在人眼里不轻易显老，只觉察得到掉毛越发厉害，至于岁月最显著的地方，刻在胡须上。长而黑亮的时候，土狗爱骨头，喜欢溜去厕所再被主人骂骂咧咧赶出来，对客人带的葫芦饼干和碎糖等一切新鲜玩意兴趣十足；到胡须白了尖子，它常常在主人出门时提前跑到前路，回头看主人动一步，它往前跑一截；到只剩黑白混杂的硬茬，它最喜欢的是暖烘烘的火，仍热衷于啃已经咬不动的大骨。

胡须生长的地方，胡须落下的地方，土狗始终在这里，在养这一方人的土地上，四爪如柱守着一寸土。

小城的清夏

梁　晔

“想和你沉入夏日，云端降伞，电光石火间，混淆一日和百年。”

北京时间六点整，从隔壁家传来的鸡鸣，和着床边嘈杂的闹铃，将我扯出悠长的美梦。惺忪间一缕晨光从窗帘缝隙挤入我的房间，蒙眬入眼，顿时怡悦起来，翻身下床，匆匆洗漱，草草穿戴，拿起电车钥匙，奔向门外。熏风徐来，清和解愠。万物在清晨的幕布下明晰而柔和。骑着电车缓行于街道，人至人回，车来车往，一切都在夏至时节里不骄不躁。

穿梭在江滨小道上，总会被各种飘香的早餐店吸引，停车驻足，享受一天的第一份美味。也许没有别具一格的装潢陈设，但它的味道就是对品质的最好诠释。一日之计在于晨，在这座小城里，人们似乎十分重视早上的时光，或是在凹凸的鹅卵石路上的慢跑，或是在江边草滩上的广场舞……

行至一座大桥上，俯视曲如游龙的小江。奈何晨光不许，给江面盖上了一层朦胧的薄纱，染上淡金色。我只好转移目光，随着桥上来往车辆和行人的增加，我随意观察着形形色色的居民。也许是刚刚睡醒的学生，眼神飘忽，时不时打个哈欠，回想着昨晚的梦；也会有着精神饱满的老人，健步如飞，手提着家人的早餐，迎着太阳，满面红光……

这只是个小城的清夏，没有如北上广般的繁华，也没有深沉的历史风貌，但小城就是小城，不会有让人疲乏的快节奏生活，也没有太高的物价，它似乎是为了让人们更舒适地生活而打造，仅此而已。

树荫、草滩、电车、光影、笑语……一些平常得不能再平常的东西，在小城的夏天里好像也有了简单的诗意。

“想把关于夏天的句子写长一点，让关于美好的日子过得慢一点。”

瓜　节

潘文寿

水族，中国的56个民族之一。水族有自己的民族语言和文字，也有属于自己的大年。汉族的大年叫“春节”，苗族的大年叫“苗年”，而水族的大年则是“瓜年”，又称“端节”，平时水族人民都叫“瓜节”。

瓜节是水族人民过节范围最广、人数最多、历时最长、批次最多的节日，被誉为水族最盛大的年节，也属世界上历时最长、批次最多的年节。水族的瓜节刚开始是只有水族同胞过的一种节日，时间一般在打谷子过后，据说是为了庆祝丰收。瓜节按姓氏分，因此过节的时间有一定的差异。水尾水族乡按姓氏分为五大瓜节区：农历九月初九为韦氏瓜节，九月十六为潘氏瓜节，九月二十为王氏瓜节，九月二十一为综合姓氏瓜节，十月初三为石氏瓜节。

瓜节是水族最隆重、最盛大的民族节日活动，意为辞旧迎新、祭祀祖先、庆祝丰收，并预祝来年风调雨顺、幸福安康。每当瓜节临近，水族村寨处处充满了喜气洋洋的氛围，家家户户杀猪宰鸭、开塘捉鱼，一片繁忙，热闹非凡。

水族瓜节前，打扫卫生、清洗用具为首要任务。过去没有洗洁精，洗刷碗筷要用柴草灰磨洗，桌凳要用稻草等擦洗，务求彻底清除油腻污垢，堂屋要清扫亮堂，绝不容留一点蛛丝陈迹。另外，神龛的清扫要特别讲究，不能用硬物触碰，否则会触怒神灵。水族瓜节时破碗烂筷是不能上桌的，并且桌凳要全部擦洗干净，尤其是供祖先用的桌凳碗筷，洗涮应格外讲究。申日开始打扫家里卫生和清洗盘碗桌凳，酉日捞鱼，戌日上午杀猪宰牛，下午开始铺开案板破鱼。瓜节的当夜凌晨要摆方桌，敬祖先。敬祖先时先不吃荤菜，主要以腊鱼摆盘为主，同时还要煮几片老南瓜（“瓜节”因此得名）、魔芋豆腐、糯米粑，烧香纸、鸣鞭炮，天亮过后才吃荤食。瓜节期间比较有趣的一件事是夜间出门聊后生的女孩子需要回家收拾碗筷，她们的闺房门一般都朝外开，不必经过堂屋，据说这样做是为了女孩子寻找如意郎君时不打扰父母而方便出入。

水族瓜节随着时代的发展而不断发展变化，为了适应当代政治、经济、文化生活水平的发展，瓜节文化也随之发生改变，瓜节在其自身结构的内部关系及与外界环境的关系相对协调、功能相对稳定的条件下，发生缓慢、有序而持续的变化。瓜节的社交功能发生了变化，初衷是家族同聚、亲戚间来往以增进水族内部成员的团结，现在演变成了没有亲属关系的朋友、同事和领导成为瓜节客源的一个重要组成部分。

当然，文化的传承必然不是故步自封的，水族瓜节传统的“节日圈”也需要通过同学、朋友、亲属关系冲出限制范围。一个比较明显的例子是：三都水族自治县廷牌镇过瓜节的人群主要在比较偏远的地方，近几年受搬迁、移民等原因影响，为方便亲朋好友的走访，许多过节的迁户来到社区中心的居住地过瓜节，因而廷牌镇瓜节不断被分散，但其文化传播范围却得到了扩大。如今的水族人民不断出现外出务工的现象，人口流动特别大，大量的留守儿童和空巢老人现象普遍存在，文化传承任务变得更加艰巨，但是传统节日文化的核心价值不会发生改变，人们也不会放弃优秀传统文化的传承。即便出现分散现象，但瓜节文化永远在水族人民的心里根深蒂固。

拜　拜

潘　珺

你有没有经历过一次拜拜？

可能经历过，但你并不把它称作“拜拜”。“拜拜”是闽南地区特有的一种称呼，人们把敬神上香的活动统一划分为“拜拜”，读第四声，与平常所见的“bye”是同字不同音。

对于闽南地区的百姓，特别是女性而言，这是一项非常重要的活动，无论是在市区还是乡下，每月初一、十五都有着这样隆重的活动。论热闹程度，大年初一的“寺庙巡回拜拜”毋庸置疑是第一名。在那个时候，大家就会换上红色的衣裳，带着一筐食物，或是一篮鲜花，抑或是一篮水果，相约往返于不同的庙里烧香祈福。

这一天也是孩子们最高兴的时刻，平常不让他们吃油炸食品的长辈们一反常态，翻着花样做炸醋肉、炸芋头、炸肉丸。当然，最先享用的不是这些饥渴的孩子们，而是摆在供桌上，敬奉高高在上的神灵们，等敬神完成，神灵们享用过后，这些食物才能够到孩子们的嘴里。

童童就是在某个正月的初一，被阿嬷领到了村子里最大的寺庙里，排着队等候拜拜。

正月里的海滨小村，有着不一样的冷峭，海风不断地卷着童童的衣袖，试图钻进童童温热的身体里，寻找到温暖的庇护所。

屋子顶上红色的瓦片不停地战栗着，屋子里面红色的香烛不断地跳跃着，院子里红色的鞭炮持续地炸响，鞭炮灰随着海风吹到了屋子外面的童童的脸上，童童的脸已经被海风吹得通红，海风又带着她的红围巾不停地飞舞着，舞到了阿嫲红色的食盒上。

熙熙攘攘的红色人流来来往往，童童牵着阿嫲的手，越过一个又一个缝隙，挤入了这个大红色的古厝式建筑里。

一入屋，童童脸上的寒意就被热热闹闹的人潮融化了。庙里四处弥漫着烟雾，香炉里的香灰一层又一层地累积着，溢到了桌子上。

阿嫲把童童牵到案桌旁，开始将食盒里的事物拿出来，进行一轮精致的摆盘活动，童童看到自己喜欢吃的炸醋肉被阿嫲精细地摆在了最前面。

看来神仙也爱吃炸醋肉，童童想。

“童童，童童，快过来。”换了一身红衣服的阿嫲在烟雾缭绕的寺庙里好像变成了电视剧里的如来佛，她表情庄重，像一座冰雕，直直地跪着，“跪下来，跟阿嫲一起念，菩萨保佑。”

“菩萨保佑。”童童歪过头看阿嫲的动作，学着阿嫲的样子，跪在垫子上，挺起腰，双手合十，嘴里念念有词。

“添丁旺财，童童早日有个弟弟……”阿嫲闭着眼睛念念有词，双手举着香，虔诚地将香靠在额头上，又弯下腰，恭敬地磕了三个头。

“田丁汪柴，童童想要一个妹妹一起过家家……”童童学着阿嫲，把小手举过头顶，再低下身子，几乎整个人都趴在了地上。

“不能乱讲，要说弟弟。”阿嫲把童童拉了起来，“知道了吗?”

阿嬷的脸让童童想起家里那个被放进冰箱里冻了好几个月的鱼，上面有着密密麻麻的冰碴子，放在桌上敲都不会碎掉。

“知道了啦。”童童嘟嘟囔囔地回答着。

阿嬷笑了一下，脸上的冰碴子掉了几颗。

“走吧，咱们拜天地去。”阿嬷牵着童童的手，朝着天井走去。童童回头看了一眼身后金光闪闪的菩萨，但是很快就被后边来敬神的阿姨挡住了。

菩萨真忙，童童想，他们会有时间听到我们的愿望吗?

天井那里同样是围着不少的人，阿嬷在一旁的烛台上点好三炷香，递给童童，示意童童去上香。

其实童童不明白，对着天井许愿，上天是不是真的能够听见?人和天隔着那么远的距离，哪怕用尽全力大喊，上天可能都不知道有童童这样一个人存在，但是她还是照做了，因为阿嬷说在心里许的愿望上天都会听见的，她相信阿嬷。

人群热闹又冷清，大家既热衷于互相问候交流，又热衷于在天井下佛像前独自念念有词，但是有这样一个地方，它仿佛与外界隔绝，在这座寺庙里享有独特的地位，它不能说冷清，因为它有交流，也不能说热闹，因为它的交流是有限的。

这个地方就是香客拜访仙人的小屋。

童童被阿嬷牵着手，跨过一级又一级的门槛，来到了一间小小的屋子前。这间屋子关着门，但门外已经排着一条长龙似的队伍，这支队伍里没有叔叔，只有阿姨。

可能是叔叔们不需要许愿，童童想。

每个阿姨手上都拿着一个红包，神情肃穆，让童童感觉自己像在电视剧里一样，是在等候上早朝，阿姨们像穿着红色衣服的大臣们一样，拿着板子，在等那位仙人召见她们。

“等会儿进去了要记得跟仙人问好，”奶奶把红包塞给童童，“然后把红包拿给她，听见了吗？”

童童点点头，虔诚地接过红包，开始漫长地等待召见。

不知排了多久，日头走了一下又一下，童童都快要在阿嬷怀里睡着了，终于轮到她们觐见仙人了。

仙人跟奶奶一样，留着一头短发，梳得非常整齐，有着一双慈祥的眼睛，童童发现她眼皮子底下有一个沉坠坠的、像毛毛虫一样的一小坨肉。

这个仙人看起来有点累，童童想。

又看她脖子上扛着一串黑色的珠子，那个珠子细细的，小小的，很像电视剧里老佛爷挂着的那种，童童偷偷为她取了个外号，叫她老佛爷。

“地址尊姓？”老佛爷一开口，童童对于她所有的高大上幻想全部烟消云散，没想到这个老佛爷讲着一口流利的闽南话，和电视剧里讲普通话的老佛爷完全不一样。

原来神仙也讲闽南话，童童想，那我要好好学闽南话，以后可以和神仙沟通。

“地址姓……”阿嬷赶忙迎上去，把童童从怀里放下来，推着她上前去，“一点意思，望仙人收下。”

童童乖巧地交出红包，老佛爷笑着摸了摸童童的手，阿嬷立刻在童童身边耳语：“和仙人握个手，能保佑你健康学习好。”

童童很听阿嬷的话，她立刻握住老佛爷的手，用力地上下摆动着。

哎呀，原来神仙老佛爷的手也是软的，还有温度。童童又想。

阿嬷和老佛爷一来一去讲了好多童童听不懂的神奇语言，童童听到了爸爸、阿公的名字，听到了自己和妈妈的名字，但是没有听到阿嫲的名字。

为什么阿嫲不跟仙人讲自己，怎么全部讲别人呀？童童不太明白，但她不敢打断阿嫲和老佛爷之间的对话，她觉得那是神仙在作法，一旦插话了事情就没有办法实现了。

童童和阿嫲一起坐在长椅上，她靠着阿嫲，感受着阿嫲身上的温度，坐着坐着，她又困了，她不知道为什么阿嫲能有那么多事情可以说，阿嫲平时在家里虽然也说，但是没有今天说的多，今天的阿嫲什么都说，她感觉阿嫲像是换了一个人，在家里的阿嫲没有这么话多，她总是一个人在那里说着重复的话，一件事情要说好几遍，因为有时候，大家都听不见她说话。

"谢谢仙人，谢谢仙人，童童，把那个护身符拿出来。"阿嫲扭过身子来，把童童挂在脖子上的小布袋摘下来，拿出了那个画满符篆、盖满印章的小红纸。

那个红色的小布袋里装着的是童童的护身符，在她很小的时候阿嫲为她求来的。她不太清楚那张图纸的功效，但是她看到那张陪了自己很多年的小红纸被阿嫲拿走了，心里空落落的，感觉自己少了点什么。

老佛爷从抽屉里拿了一张新的红纸，用大号的水笔在上面不断地写写画画，最后把它拿起来，放在一本经书上，一边敲着铃一边说："老天保佑，孩子健康长大，学习优异，考个好大学，事业有成，一生顺遂，阿弥陀佛，菩萨加持。"

"阿弥陀佛，菩萨保佑。"阿嫲双手合十，直直地鞠了个躬，双手伸向前，接过那张"开过光的护身符"。

从老佛爷的屋子里走出来，童童觉得外面的世界低了五摄氏度，她缩成一团，躲在阿嫲身边。阿嫲领着她，穿过都是女眷的长廊，来到先前供奉佛祖的案桌前，开始收拾自己带来的贡品。

童童偷偷从放入食盒的盘子里拿了几块被冻僵的醋肉吃，虽然有点硬，但她吃得很开心，很满足，感觉自己没有白来这趟寺庙。

阿嫲跟来时一样，一手牵着童童，一手拿着食盒，朝下一个寺庙走去。

“阿嫲，你说，佛祖会听见我们说的话吗?”童童问奶奶。

“怎么不会呢？心诚则灵，有那样一份心去跟佛祖说，佛祖总是会听见的。”

“但我之前许的愿望都没有实现过唉。”

“那是因为你还小，等你长大了佛祖就会帮你实现的。”

“真的吗？那我以后要天天和佛祖说，这样他就不会忘记。”

海风卷起童童红色的长围巾，童童的小脸又开始变得通红，但她现在很高兴，她想，回去之后一定要和佛祖说，她很喜欢吃醋肉，希望阿嫲能多炸一点。

君住长江头

王灼曦

这是我第一次来到长江边，一个人在十九岁的夜晚。

所谓小长假，着实说不上长，却总能引得人们结伴出游，无论远近。听旁人的远游计划在耳旁时时播报，亦约上三五好友同游，并不远行，只在这座江城之内、各自生活的地方互相领着看看、互相招待，时光便很快地被消磨了。天色将暗，我们登上渡轮，我将友人们送过江，送上江对岸的归程，一日游玩便算结束。我慢慢地踱回江边，又乘渡轮回到此岸。

渡轮上的环境说不上好，船舱内空气憋闷，有时弥漫着说不清的气味，人们便喜欢奔上甲板，争抢着靠栏杆的第一排位置，既可极目眺望远不见边际的江面，细细端详江的两岸，亦可感受到迎面的江风摔碎在脸上，四散而开。江面应当是很宽的，不过两个码头许是相隔得太近，费不了些许时间渡轮又靠岸，只叫人觉得尚未尽兴，不舍离开。

我的确没有离开。故乡有一条小河，在河边散步是夏日最惬意的消遣。来到长江边，我也只想多在江边待一会儿，放松得什么都不想，只感受江风的微润湿意轻轻地落在我的怀里。故乡的小河是长江支流的支流，细细的，不消两分钟便能过去，浅浅的，水落下去恐连人都难淹没，只是我并不敢尝试，纵使浅窄，每年总能听得一两条落水溺亡的新闻。此时来到长江边，只想到，江河江河，江比河辽阔得太多。记得有一次走错了路，徒步走完了长江大桥，走得直教人脚底发痛。我从江边的台阶走下，来到离江水最近的地方，看着江水轻轻地撞向江岸，稍稍退回，又撞来，并不像东坡先生描写的惊涛拍岸，只有薄薄的一层波浪微微地来回摇晃，夜色之下，靠得近了才能看见波纹的来回往复。我在江边蹲下，抬头看长江大桥上流动的光影，看墨黑的江面涌动着彩色的纹路，看江对面的大厦上灯光变幻着图案，心里空了许多，但又还留着一层厚实的底壳。

台阶不长，一会儿便走完了。我走上堤坝，沿着江继续漫步，想更多地看看长江的景。可堤坝上的围栏太高太厚，将人的视野砍去了一半，费力地踮脚，向外伸头，才能看见江水和来来往往的游轮，走着，只能看见向天空中生长的大楼和炫彩的灯光秀。我的思想游离，蓦地想到了那几句诗——“我住长江头，君住长江尾，日日思君不见君，共饮长江水”，也想到了亦常常在长江边走过的一个人。

其实我总是将李之仪的诗记成“君住长江头”，大抵是因为我思念的那个人在长江更上游的地方，而我却在下游。离西藏一千多公里的南滨路算不上长江的头，离长江口八百多公里的鹦鹉洲也算不上长江的尾，只是每每如此念叨，长江就好像变成了一条长长的纽带，将我们连在了一起。

他之于重庆正如我之于武汉，我们都是外来的游子，在这里度过几月几年的时光，渐渐与这座城产生丝丝缕缕的羁绊。如同他常常在夜晚的重庆江边走过，我也爱去乘坐并不算舒适的渡轮。他的窗外一眼就能望见南滨路，我喜欢从中华路码头看龟山上的塔。他喜欢探寻山城的每一个小角落，我渐渐熟悉江城的条条道路。我们各自在客居的城市好好地生活。

只是又有些怅惘，他在重庆待了几年，又去了北京。他在重庆的江边快意奔跑的时候，我不曾见过长江；当我来到武汉的江边，近得可以掬起长江水的时候，他又离长江好远好远，现下已不是“君住长江头”，而是“我恨君离早”了。我们在不同的时间、不同的地方，走过同一条江边，我想，这样也算我们曾在一起了吧。可能几年后，我也会离开长江边，再过几年，他可能会回来，我也可能会再回来，但我不知，我们何时能在长江边不必跨越时空地相遇。是中国人的特殊情怀罢，诗人面临长江，总有一腔情意想要抒发，当我跨过山水来到长江边，想到的是一定会在这里遇见终生难忘的人，我已经遇见了许多，但最想遇见的还是他。江水本无意，人所及之处，处处含情。

其实我们好像并没有那么熟悉，只是断断续续地说了很多交心的话，约定好成为支撑彼此的力量，仅此而已。我们从不刻意去往对方所在的地方，只约好在未来的某一天相见。从山城到江城绵延八百多公里的长江，以另一种形式，将山水相隔的我们连在一起。

前方桥上的灯光攒成两座彩色的山，黑色的天和黑色的水之间是光影明灭，堤坝上分布着一些射击套圈换礼物的小摊，一个气球也没射中取代全中成为了气球射击摊位的头奖。围栏好像一条分割线，把江上的炫彩和堤坝上的暗淡分隔了开来，每个小摊位上挂着一两个不甚明亮的白炽灯，圈出一小片天地来。过客寥寥，我经过的每个摊位都没能等来顾客。我又想到家乡的小河，河边也有这样的摊位，却比这亮堂得多，小朋友们在摊位边玩闹，看年长的“老手”击中一个又一个气球。长江太辽阔太远长，让人不由得感到渺小，心底厚实的壳好像碎了一点，人们在江河水的滋养下繁衍生息，本身就足以令人感动。

踏上归途，我将思绪慢慢收拢。来到江城，心心念念的便是看一看长江，触摸长江水，吹拂长江风。缘何对长江有如此的依恋？除了长江在中国人的血脉里流淌了千年，应当亦因为斯人赋予了长江水脉脉的情。君纵不住长江头，我纵不住长江尾，也曾共饮长江水，亦曾同叹长江美。余思如绵绵流水，寥寥言语道不尽其味。

我的外曾祖母

陈雪梨

出生时我的家庭成员有外曾祖母也就是我奶奶的母亲，还有爸爸妈妈和一个姐姐，与一般人不同的是我们并没有和爷爷奶奶一起生活，这也是我小时候一直觉得我的家庭比较特殊的地方。但我并不羡慕别人有爷爷奶奶的陪伴，因为他们的空位都由我的外曾祖母来代替了，甚至很多时候我还会多出一些优越感，因为同龄的小伙伴们大多都没有见过自己的外曾祖母。

我出生时她就已经七十六岁了，印象中的她吃苦耐劳，身体硬朗，因为年龄大也一直受人尊敬。她身材矮小，背总是微微驼着，走路时左手总背在背上，右手拄着拐杖。我已经不太记得她的音容笑貌，只记得那历经沧桑留下的满脸皱纹，还有春夏秋冬都戴在头上的帽子。

在我小的时候，她很喜欢搬一个小板凳坐在门前，并不做什么，像是在休息，只是时不时抬头看看天，好像能通过这个预测天气，在必要的时候提醒我爸妈。然后又将目光安置在某一处，眼神空洞但又似乎高深莫测，嘴里偶尔又不住地咕哝着却永远听不清在说什么。而我只要一抓住她坐在门口的机会，就喜欢坐在她的腿上，因为她小小的身体柔软又有力量，总让我觉得安心。我习惯用小手捏捏她又松又软的脖子，然后再摸摸我自己的，疑惑为什么我们的脖子长得不一样。忍不住问了这个问题后，她满是皱纹的脸上就慢慢绽开了笑容。

我们家有很多种类的果树，小偏房前面一棵枣树、一棵李子树还有一棵板栗树挤在一起，树根树干相互缠绕攀附，枝与枝相互覆盖，叶与叶相互交通，据说还是外曾祖母的儿子以前种下的。房屋左边的一块地上还有一小片梨园，听爸妈说是由橘园改成的。房前屋后还夹杂着几棵桃树和我叫不出名字的树。春天繁花似锦，到了秋天，果香四溢。如果邻里刚好在我们家附近干活儿，结束了一天的劳作都喜欢到我们家纳凉聊天。天热的时候，外曾祖母也是一个劲儿地唤他们来喝口水歇会儿。人一来，她就让我们去摘水果，然后洗洗端到他们面前。若是那个秋天果子结得丰硕，赶集前一天，外曾祖母就会摘一背篓的水果，在赶集那天上街去卖，回来就背篓空空了。

终于，在我九岁那年，外曾祖母在她八十五岁时，去世了。当时她脸上是安详平和的，我看着她，既没哭也没闹，那是我第一次认识到死亡，我并不害怕，仿佛她明天就会像往常一样，在我们面前拄着拐杖，步履蹒跚。

几天的葬礼过后，一下子冷落下来，我才意识到家里少了一个人，后来她住的房间我也很少去了，记忆也随之渐渐模糊。

纸蝴蝶

齐玲君

聒噪的蝉鸣在明晃晃的炽阳下响起时，我妈想着她打折买的凉席终于有了用武之地，所以此时她正在客厅里嚷着，让我找找凉席是不是放在我房间的衣柜顶上。

我搬了椅子放在衣柜前，踩上去后踮脚一望，就看到了那褐色的凉席，但凉席下露出了一角显眼的蓝。我把又厚又重的凉席挪了挪，发现下面是一个蓝色的鞋盒，已经被压得变形。

我扯着嗓子回我妈一句“凉席找到了”，然后从凉席下抽出鞋盒坐回书桌前。

鞋盒上标着不知名的logo，蒙了一层陈年积累的灰尘，我拿起手边的抹布擦了擦，翻开鞋盒，惊讶地发现里面装的都是纸折的蝴蝶。红的、绿的、紫的、黄的……满满一整盒，可惜多数都被压得不成样子。

老妈听到我的回话，走进我屋里来拿凉席，瞥见我手上的鞋盒，问了句：“拿的什么?”

“这是……我和梦媛姐折的蝴蝶。”我下意识地回答。

这个脱口而出的称呼让我回忆起一张少女的脸，哪怕被我遗忘多年，再想起时，那张脸依旧明眸皓齿，青春无限。

我捏起一只还算完好的蝴蝶，目光久久凝在上面。

正午的阳光穿过百叶窗的缝隙落在已经有些褪色的纸蝶上，

显得它更加单薄脆弱，而光影斑驳中这只蝴蝶似乎振翅欲飞，领着我回到了七八年前，那个短暂又热烈的盛夏——

我和梦媛姐结识在我上初中前的那个暑假。

那时候暑假班还没有如现在这般大行其道，没有繁冗的提高班和兴趣班，那个空前漫长的暑假里，我被送回了乡下爷爷家。

爷爷家在村庄的边缘，附近只有一户邻居，那户人家的主人带着妻子儿子在外打工，很少回来，家里只留了老母亲和长女。算起来我们两家还有些亲戚关系，对门的老妇是我爷爷的表妹，我该管她叫姑奶奶，而那位长女，就是梦媛姐。

直到现在我依然记得我和梦媛姐第一次见面的场景。

那是个下午，妈妈摇醒了在车上睡着的我，说“爷爷家到了”，我听到爸爸摁了摁车上的鸣笛，便迷糊地睁开眼，透过车窗便看到爷爷奶奶正从院子里走出来迎接我们，与此同时还有一个梳着马尾辫的女孩跟在奶奶身边，神采奕奕地望向我们。下车后我好奇地看向她，她大方地同我对视，歪歪头对我微笑，我对这突如其来的善意有些无措，下意识地看向奶奶求助。

“这是你对门王大伯的闺女梦媛啊，小时候你们还一起在炕头上玩呢，你一口一个梦媛姐，现在不记得了？你姐刚才帮我穿针线来着，你个小鬼头以后多和梦媛学学。”奶奶笑呵呵地说。

听到小时候的趣事我更有些害羞了，怯怯地望向梦媛姐，她回我温柔的笑脸。

“我记得你小名叫‘润润’，对吧？”梦媛姐亲切地问。我被她的热络感染，放下拘谨点了点头，叫了她一声“梦媛姐”。

那个下午燥热得很，记忆里很多细节似乎也被当时炽热的空气烤化，但梦媛姐明亮的眼睛，却是模糊记忆里最生动深刻的一点。

后来我和梦媛姐关系升温，也是在一个普通的下午。那天百无聊赖的我来到梦媛姐家门口，透过她家敞开的红漆大门，能看见院子的东墙根下有一个小花圃，种满了百日菊，淡雅的花一朵挨着一朵，开得很好看。

我站在她家门口，张望了半天，尝试着迈进一步又缩回，始终不敢进去。

这时梦媛姐突然从屋里走出来，我那傻样儿被撞了个正着，窘迫的我红着脸转身想走，她却笑着走到我跟前，拉住我的手说："想看花进来看啊！"

我一开始扭扭捏捏，但经不住她盛情邀请，我走近那一方小花圃，细细地打量着每朵花的形状和颜色，一个劲儿地感叹好看。

梦媛姐见我喜欢，精心挑了几朵帮我插在装着水的罐头瓶里，让我带回奶奶家。她一边操持着一边兴致勃勃地告诉我，每天都有蝴蝶飞到她家院子的花上，她甚至还见过一只黑色的……

那个下午我们坐着小马扎儿在院子里天马行空地聊天，梦媛姐给我讲乡下的趣事，从纵横村庄的土路聊到农舍旁一望无际的麦田，从深不见底的枯井聊到总在村头徘徊的恶犬。天彻底黑下来后，我们听着虫鸣仰头看着纯净的星空，梦媛姐就教我认北斗七星。直到奶奶来找我，我才和梦媛姐恋恋不舍地分开。

从那天开始我们整天在一起，从村头耍到村尾：我们去堆着玉米垛的田里捉蚂蚱和蟋蟀，去油菜花田里观察蜜蜂，去河堤废弃破损的大坝上看大人们捕鱼，晴天就在我奶奶家院子里的杏树下荡秋千，雨天就穿着水鞋去积水的路边来回蹚水……

而那盒纸蝴蝶的来历，是在那个盛夏末尾的某天，我和梦媛姐给院子里的花浇水，抬头间我惊喜地发现有一只漂亮的黄蝴蝶落在了梦媛姐的发顶。

那是我见过的最漂亮的蝴蝶，落在了我见过的最漂亮的姐姐头上。

我大气不敢出，本想和梦媛姐说不要动，但她用余光瞥到我的异样，转头问我怎么了，这动静惊扰了蝴蝶，它抖动翅膀翩翩飞走。

我遗憾地看它飞过墙头，懊恼还没来得及让梦媛姐看一眼。

梦媛姐问我怎么回事，我告诉她刚刚有只很漂亮的蝴蝶落在了她头上，现在飞走了。她听完劝我没关系，见我还是耿耿于怀就安慰我说：要不我教你折蝴蝶吧。

就这样，梦媛姐找出她父母打工回来时带给她的彩纸，在她屋子里的风扇下，梦媛姐一步一步地教我如何叠，我们一边嘻嘻哈哈地聊天，一边在手上折着蝴蝶，不知不觉，那一个下午我们整整叠了半张床。

其实怎么折纸蝶如今的我已经忘得一干二净，但那天认真折蝴蝶的梦媛姐的脸，我却记得清清楚楚。她很漂亮，眼睛又大又亮，鼻梁的弧度也好看，尤其她的睫毛，长而翘，就像她折出的纸蝶的翅膀。

那天最后，梦媛姐不知从哪里找出一只鞋盒，然后小心翼翼地把那些纸蝴蝶一只一只放了进去。我们约定好，明天找时间用针线把这些蝴蝶串起来做成风铃。

但第二天来接我回家的车就到了爷爷家门口。临上车前梦媛姐恋恋不舍地和我勾勾手，突然又跑回她家里，把那个鞋盒拿了出来，让我把所有蝴蝶带回家。我郑重地接过，把那一纸盒蝴蝶当宝贝留着。

第二年夏天，爸妈又带着我回到老家，但这次是准备把爷爷奶奶接到城里。我本期待着再和梦媛姐见一面，但到了老家之后我却发现她家大门紧闭。爷爷告诉我，开春的时候对门的姑奶奶睡觉时突发脑出血，等第二天梦媛姐察觉时姑奶奶的人已经凉透了。

随即没多久梦媛姐就从初中辍学，因为她爸妈觉得她在老家读书没人照应，接去大城市读书又供不起她和弟弟两个人，所以索性给她找了个厂子让她上班。

我当时听完心里酸涩难过，很久都没说话。

临走前我来到她家门口，透过门缝看见院子里的百日菊开得热烈，但没有蝴蝶在花丛间流连。

它们也和梦媛姐一起离开了吗？我惆怅地想。

从那之后，我再没有听说梦媛姐。但很长一段时间里，我每每看到蝴蝶，就会想起她。

“这些蝴蝶你还留着呢？”老妈的话把我拉回现实。

她惊奇地走上前来看了看：“哟，都压扁了！当时放凉席的时候我和你爸没注意这盒子里装的是你这些‘宝贝’。”我妈有些抱歉。

“没关系，这不是您的错……”我低声喃喃，曾经的“宝贝”现在看来仿佛只是一段童年友情的遗物，早被我在繁重的学习和生活中渐渐遗忘了。如果不是偶然发现这盒纸蝴蝶，我可能不会再想起梦媛姐，不会再想起那个如此灵动鲜活的姐姐。

就在我还沉浸在怅然的情绪中时，母亲突然冷不丁和我说：“你知道梦媛结婚了吗？”

我一时错愕：“什么时候的事？”

我妈说：“几年前了，你上高一那会儿，现在都两个女儿了吧。但是她公婆就是死脑筋，要抱孙子，梦媛怀孕又打胎，好几次了。”母亲摇摇头，“我碰到之前的乡亲，说她又怀孕了，她婆婆还找人摸了脉，说怀的是个男孩。”

“可怜她生个小子吧，不然这罪受到什么时候。”母亲惋惜地说。

我沉默着听完，突然觉得这个漂亮姐姐的一生，就像她亲手折出的蝴蝶——轻盈美丽，却在无人角落里被压扁。

傩　戏

尚　雪

街道一角的小摊位上，许多面具在灯光照耀下熠熠生辉，有的宽耳四目，有的如虎似牛。

两个女生停留在摊位旁，奚棋指着摊位上的面具说道："这面具看着挺诡异的！是百鬼夜行吗?"

"不是日本的百鬼夜行，也不会有阴阳师跳出来驱鬼，你该少玩点阴阳师了。这是中国的傩文化十二兽。你指的那个就是方相氏的面具，他是驱疫避邪的神祇！虽然长得可怕，但是在以前是带领十二兽驱疫的。我的家乡现在还有除夕傩舞的习俗。"尚姝无奈地说道。

"原来如此，我可没有把我们自己国家的东西忘了！你给我讲讲傩戏呗，我现在就开始了解！"

————

除夕渐近，镇上的家家户户已然热闹起来，除了准备门神、桃符和年货，也在紧锣密鼓地准备腊月禳祭和傩舞。

老廖正在全神贯注地进行雕刻傩面具最后一道工艺——用金、红、黄、黑、白五色油漆给面具上漆和彩绘金容，一尊方相氏的傩面具完成了。从选材、请神、开坯、整容、打磨、上底漆，到开光、拜坐、安腑脏，可费了他不少时间。

"老廖！"这一声把他吓了一跳。那人又说："你这可忒用心了，我都在这看了你好长时间了，你愣是没注意到我。人家托我来问傩神面具呢！”

“你倒是真把我吓一跳，喏，成了，这绝对是我这么多年做的最好的面具！”

不过几日，已经到了傩舞祭祀的日子。今日的镇上格外安静。

“四时行焉，百物生焉。阴阳之变，疫鬼皆出！”

傩腔一起，傩戏队伍浩浩荡荡地出发了。

只见方相氏拿着钺走在最前面，身后是头戴赤巾、身穿黑衣的童子，以及戴着十二兽面具的大人。

“傩神行道，诸邪回避！”

方相氏疾步前行，后面几人抬着迎神的龙亭随行其后。龙亭如宝塔一般，顶上是宝炉顶，下面分为三层，四面尽是雕花版，四根金柱上是金龙盘云，龙亭中放着傩神面具，寄托着镇民们的信仰。

“汝不急去，后者为粮！”

方相氏开始唱起十二兽驱鬼歌，他身后戴着兽面面具的人也跟着唱起来：“甲作食凶，巯胃食虎，雄伯食魅，腾简食不祥，揽诸食咎，伯奇食梦，强梁、祖明共食磔死寄生，委随食观，错断食巨，穷奇、腾根共食蛊。凡使一十二神追恶凶，赫汝躯，拉汝干，节解汝肉，抽汝肺肠，汝不急去，后者为粮。”鼓声雷动，与人的呼号声交织在一起，响彻云霄。旁边的镇民皆是表情肃穆。

一直前行到祠堂外，“方相与十二兽儛”开始了，戴十二兽面具的人作凶狠状，方相氏与十二兽同舞表演“镇服”十二兽，随后带领十二兽和童子在镇子各个地方驱疫。

揽诸拿着桃木制成的弓、棘枝制成的箭若天女散花般射出，地上扬起的沙石像雨点一样散开。人们相信这样做定能让疫鬼毙命。

天渐渐暗下来，星子点缀夜空。傩舞队伍继续前行，道路两旁鞭炮争鸣，火光迅疾地绽放，镇民认为如此一来便能将疫鬼驱逐到边远之地。

“四海密清，罔有不韪。阴阳交和，庶物时育。”

傩戏随着这声傩腔结束了，但年关的喜悦氛围并未消失，举着火把舞龙的吆喝声，孩童嬉闹游戏的声音，鞭炮燃放的噼里啪啦声从远处传到祠堂，祠堂中依然有跪着祈祷来年家中平安、水稻丰收的人。

古老的鬼神信仰寄寓着民众渴望驱逐苦难、追求幸福生活最朴素的愿望。沿袭至今的傩戏不是封建迷信，而是古老文化的传承。

“所以说，了解甚至喜欢别的国家的文化没什么，可绝对不能忘了自己的文化。”尚姝认真地说。

“肯定的！不过古代人做傩戏驱疫，要是现在傩戏能驱逐疫情就好了。”

“当然不可能，我们现在自然不会靠虚无缥缈的神来对抗疫情，不过中国人一起努力，疫情总有一天会过去的。”

这是一个普通的夏日

廖彬雅

闷热了几天过后，骤雨哗啦啦地下起来了，站在天池边刷牙的我就这样被浇了一脸。在奶奶的喊声里，我含着一嘴的泡沫冲到门外，把刚晾出去的衣服又收回来，然后就站在门口的屋檐下继续刷牙。

夏天的雨总是来得这样急又这样迅猛，豆大的雨点砸在屋檐上、树叶上、青石板上，溅起一片水花。不一会儿，不知从哪而起的水雾就弥漫开来了。我往后退两步，把肩膀靠在门槛边充当门框的石墙上，看着远处环绕的山的颜色迷蒙了起来，山尖尖被染成了灰蓝色，与天空连接着，隐隐可以看到两者的界线。广阔的田野参差，有一大片一大片的只剩稻茬的田，也有没来得及收割的地。本该在田间地头弯着腰的人早已匆匆赶回家，零星散布的牛羊也不见踪影，只有雨沿着土壤的间隙渗透下去，被植物的根系吸取以长出翠绿的叶、舒展的花、饱满的果。有些幸运的稻茬里还能再冒出几根绿色的苗。看着菜园里自家种的油麦菜、白菜、小青菜、姜葱蒜、番薯叶、菜花都被洗了个干净，园头园尾的石榴树和柚子树被雨打出噼里啪啦的声响，枝叶在风雨里肆意地摇晃。被圈在菜园里的小水塘泛起了一圈圈泥色的涟漪，鸭子们都缩着脑袋躲在棚子底下，只有一两只仍在水池里拨着脚掌，慢悠悠地破开水纹。我突然觉得有点凉飕飕的，馋起热气腾腾的番薯，连忙漱完口，大声喊："爷爷奶奶，我想吃番薯！""吃了早饭自己挑了去洗。"奶奶的声音不知从哪个角落传来。

吃过奶奶的手擀面，雨已经小了一些，我蹲在天池边上洗番薯，雨丝倾斜着飘到我的头上、脸上、手臂上。我抬头眯着眼感受细细密密的凉意，一会儿又心虚地往周围瞧瞧爷爷奶奶有没有看到，往里跳了两下避雨，把盆也挪了挪，然后继续搓着番薯上的泥。盆里的水很快就变成浑浊的黄色，洗完第一遍倒去泥水，我清掉盆里沉积的泥沙，把番薯再洗两遍就端去了老屋另一边的大灶台上。隔壁人家里传来几声犬吠，我侧耳听了听，可以想象出它回到家抖着身子把毛发上的水甩开的样子，忍不住笑出了声，惹得正在起火的奶奶看了我一眼。我回到饭厅，隔着雨帘看见袅袅的炊烟从砖红色的烟囱里飘了出来，被雨打散后和灰白的天空融为一体。我趴在藤椅上等着热腾腾的番薯出炉，想着等雨停了偷偷去踩水坑，结果被催着"没事就去写作业"，只好回到房间开始跟文字、数字和字母奋战。

吃午饭时雨早就停了，连地面都快要被太阳烤干。爷爷在饭后把刚收获的稻谷在屋外的水泥地铺开，而我已经躺在床上，听着风扇的响声准备睡个午觉，想着醒来后要把红的、白的、黄的、紫的番薯通通塞进肚子里。

太阳快要沉进山里了，地面的热气还源源不断地往外冒。"收谷了！"堂姐听见"指令"后，拖着几个蛇皮袋站到平铺开的金黄稻谷旁边，两个编织筐在她脚边。她拉着我赤着双脚踩在稻谷上，刺刺的，又痒痒的，于是我们一边忍不住抬脚一跳一跳的，一边又笑得停不下来。用来扒谷的实心木制工具对于小孩子来说还有点重，我们慢吞吞地干着。于是平地的另一头传来斥责："别在谷上面玩，赶紧收谷！"我和堂姐相视吐了吐舌头，老老实实干活。等平摊开的稻谷被扫成了几个尖尖的谷堆，就用簸箕把它们送进筐里和袋子里，收到最后，原本堆着谷子的地方就只留下一小堆灰黑色尘土和芒尖尖的混合物。我看着几个灰色尖堆，用脚踢了踢，它们就在微风里消失了一半。堂姐上前拽着我走向一个装在门口的水龙头，“快快快我们去洗手洗脚，待会得痒死了!”堂姐已经把手臂小腿抓出了几道红痕。

夜幕降临，淡淡的月光轻飘飘洒下来的时候，夏天夜晚固定出场的竹床被爷爷架在靠近大门的天池边上，奶奶的一把大蒲扇呼呼地扇起风来，我和堂姐坐在奶奶旁边，争抢着最佳的吹风位置。门大开着，连两扇栅栏都敞着，一阵凉风远远地从山间赶过来了，穿过窄窄的小溪流，穿过刚收割完水稻只剩下稻茬和堆着的秸秆的农田，穿过家门前种着的大杨桃树，投了我们满怀。两个人也不争抢奶奶旁边的位置了，直接坐到门前带着余温的石阶上，张开双手，任由晚风从袖口钻进去。

有客人来了，奶奶于是坐到放在门口的板凳上去，我也跟着坐在旁边，听她们打着扇子聊今年的稻谷，聊最近的杂事，聊些偏门的奇事，比如金色花纹的巨大蜘蛛，哪怕不是第一次听到，我还是又被吓了一跳，飞快地逃回屋里的竹床上，无聊地抬头看着夜空，再次试图数清这里闪烁的星星有多少颗。

爷爷去了附近的人家里打牌，赌个几块钱或些吃的玩的，他们说有彩头这牌打起来才有意思。而这个晚上似乎格外幸运——爷爷赢回了一个西瓜。看见爷爷抱着一个墨绿墨绿的大西瓜回家时，我和堂姐欢呼几声，争着跑到靠里的天池下面，往老式手压水泵里浇一瓢水，用力压几下，听着它叽叽咕咕地压上来冰凉冰凉的水。我拿着从爷爷手里接过的西瓜往桶里一放，闷闷的咕咚一声，再让爷爷把桶拎到阴凉的一隅，等着水里的凉意慢慢地渗透到红红的瓜瓤里。之后爷爷拿把菜刀唰啦一切，西瓜半透的汁水流了出来，我和堂姐在一旁眼巴巴地瞧着，忍不住扑过去大快朵颐，最后摸着圆滚滚的肚皮调皮地故意打几个嗝，收获几声训斥后老实地把啃得干干净净的瓜皮收拾好。

看着堂姐打了个大大的哈欠，我也跟着打了个大大的哈欠，我们的小脑袋都被拍了一下，“困了就快去睡觉。”我摸摸头，蹦跶着回到房间躺上床，把小被子的一个尖角盖在肚子上，暗自祈祷做一个美美的梦。

辑二

都市

长安一片月，
万户捣衣声。

或者可以看作是循环

刘凌晖

我从一片轰鸣声中醒来。

睁眼是一片与闭眼状态下并无二致的黑暗，巨大的声响也逐渐平息下来。我又闭上了眼，躺倒在地上，周身满是尘土的味道。

我是谁？我为何在这里？一个个疑问笼罩着我，但这些问题当下我显然无法回答，仍然直挺挺地躺在地上，脑子里思绪万千，却找不出一条线将我拉出这困惑的漩涡。

不知不觉间又睡了过去，直到被踢着我小腿的粗暴动作和一串叽里咕噜的声音弄醒。

有光。

我眯着眼努力适应着久未相见的光线，一双猩红的眸子在黯淡的光线里显现出来，不耐烦的表情带出了他尖尖的牙齿。

是一盏手提的小灯，和一个长相与我类似的生物。

“啧，快给我爬起来。”那个生物暴躁地说，“然后跟我走。”

“你知道我是谁吗？”我没头没脑地问出一句。

他低下头瞥了我一眼：“你？不就是一个人类吗？虽然现存的生物不多了，但不论什么时候，人类都比不上我们高贵的血族。”说罢他骄傲地挺了挺胸，我甚至在黯淡的环境中都看出了他脸上闪耀着自豪的光芒。

看着我充满疑惑的脸，他啧了一声：“别废话，跟我走。”他伸出手，露出尖尖的指甲，隐约闪耀着金属的光泽。

于是我遵从心的意志，爬了起来，拍了拍仅能蔽体的破烂布料，和他一前一后地向不知名的目的地进发。

我们很少交流，一路上零零碎碎从他的口中获得了一些信息。他叫埃姆林，获得了血族始祖的启示，要他去探寻远处的一处存在，出于安全起见他抓了我这个同行者，但我弱得很，遇见袭击还是要靠他来解决。他也不清楚要探寻的存在是什么，只能模糊说出是一处工厂，但那里有什么，不得而知。而我，从我几乎不存在的记忆中，勉强揪出了一个像名字的称呼——吉恩。

在路途中，我才发现，我苏醒之地已是一片废墟。不，不只我苏醒之处，整个世界几乎就是由一片片废墟连缀而成的。几乎看不见和我一样的人形生物存在，但时不时会遇见一些畸变的生物，埃姆林曾经嫌恶地说其中有一部分是强行改造而成的异种，是低级的所在，虽然能活动于地上，但后来又不断变异，像他们这样世代延续的纯种血族已几近灭绝。

我和埃姆林就这样，在一片又一片并无显著不同的废墟之间穿梭，埃姆林总是在一番搜寻和感知后肯定地说不是这里。这样的过程不断重复，我都不禁怀疑我们是否一直在原地打转，实际上并没有出发呢？

不知道过了多久，不知道走了多远，又是一片覆盖着厚重尘埃的遗弃之地，少量植物已经在静默中爬上了建筑的残骸，试图获取更多的能量，将自己延展向更远的地方。

这片废墟跟我见过的千千万万座并无不同，不过很多建筑上隐约能看出粘贴着黄黑色的标志，大都已经残损不堪了。我漫不经心地环视一圈，然后原地坐下，等待埃姆林的神秘的感知结束，然后前往下一个地点。

“就是这里！”埃姆林的声音突然传来。

“啊？”我突地站了起来。

“我在这里感受到了始祖的气息。”埃姆林闪现进我的视线，然后将我拖入一片坍塌的建筑形成的三角区，那里有一个很小的上缀有满月与门的雕刻符号。埃姆林从衣袋里掏出一支管子，打开塞子，划开了我和他的手指，将我们的血液和里面其他的液体混杂在一起，搅匀后的液体自动悬浮起来，注入满月与门的符号。

红色的液体逐渐填满了古朴的刻痕，一阵巨响之后，我们面前出现了一道与外界灰蒙蒙的满是尘埃的世界格格不入的空间。

与长久以来接触的灰白世界截然不同，这里有暖色调的恒定的光源，就像埃姆林的那盏灯一样。目所能及之处全是架子，但大部分都是空空荡荡的。

“你们来了。”一个似乎来自古老年代的遥远叹息声传来，激得我汗毛直竖，头皮似乎也跟着被揪了起来，埃姆林本就苍白的脸更是几乎透明。

一道巨大的灰白色虚影显现出来，隐约伴随着嗞嗞的声音。

“你们当牢记你们的使命。”

“我们的使命？”

“你们当助前人知晓纸的存在，指引他们了解未来之事。”

“纸？可我从来没有见过纸。”我脱口而出。

“这里是图书馆，存放着一些资料，在离开前你们可以任意翻阅。但记住，你们离开之时，关于这里的一切记忆都会清除。”紧接着的是一声绵长的叹息。

灰白色虚影并没有回答我的问题，仿佛只是一个按指定要求完成任务的程式，不会回应其他任何话语，语毕便消失了。只剩下厚重的叹息声还在耳边回响。

正在发愣之时，感受到了埃姆林的目光。他血色的眸子里闪耀着兴奋、激动、自豪的光芒。“我就知道我是特殊的！”他大声嚷嚷起来，“不然怎么会是我收到始祖的启示！”

我没理他，回想着虚影所说的话，余光瞥到部分架子上堆起来的东西。拿起其中一叠轻轻翻开，“这就是纸张吗？”摩挲着感受手下那极薄极细腻的触感，拿起一张纸尝试着阅读这珍贵之物记录下来的文字：

“纸张是人类造出来用于记录文字的载体。”

“记录文字的载体几经改变，最初为龟甲、兽骨，或丝帛、竹简、牛羊皮，后来才有了用植物制成的纸。人类得以保存大量的知识材料。”

“人类现存数量已不多。”

“人类和其他智慧生物未能早日认识到自己的错误。”

“现存纸张、资料不多，需尽快向前代人类传达信息，纠正错误。”

“到达此地者应前往北方的……”

目的地近在眼前，但当我读到末句的时候，字迹全部消失了，就连这张纸也在我的手中化为齑粉。待我再去抓其他纸的时候，都只剩下一片空白了。

埃姆林总算冷静下来，发现满架的白纸。

我看了他一眼，说：“我们需要去北方，想办法给前代人类传递一些消息。但……具体目的地已经不可知了，如何传递信息也不清楚。”

埃姆林想了想，说：“先看看还有什么残存的信息。”

我和他翻遍了每一个书架，都是一沓沓的白纸，有些因为我们的触碰变成了尘埃。

那就出发吧。

出了图书馆，我和埃姆林茫然地望向对方，抬头看着眼前堆叠的混凝土，心中有个声音一直在说“向北方去，北方——”，至于为何，未知。

不知又过了多久，不知跨越了多远的路程，我们到达一处看上去是工厂的废墟，那里有与我们此次出发点相同的黄黑标志。

直觉告诉我，我们此番要探寻之地就是这里。我四处寻找能确定此处名称的标记物，突然瞥到地上不知名的物质慢慢蠕动、扭曲，最终形成了几个血色的大字——

“切尔诺贝利!”

这时，大量的莫名的记忆突然涌进了我的脑海之中：

人类由于对于核的过度开发和不合理管理、利用，出现大量核泄漏事件，人类大规模死亡，地上不再适宜人类居住，现存的只能居于地下，苟且偷生，但未能完全隔绝核的影响，人类仍会不同程度地产生畸形，其中一些已十分严重，平均寿命呈现缩短的趋势。

人类制造出的机器人不受核辐射的干扰，在人类和其他智慧生物转战地底之前，已慢慢形成自我意识，之后逐渐掌控了地面世界，但极少露面，它们以隐秘的方式控制着一切。

由于地球环境的改变，适宜用作制造纸张的植物已不多。地底社会有少量存留，保存着部分人类文明资料。机器人能一定程度上用“欺瞒”手段构建类似的物质。

至于为前代人类传递消息？人类从未掌握这样的技术。

机器人能与核辐射共存，并能利用核辐射为其生活提供便利。

北方的……成为了机器人的猎场。

机器人会以诱捕、玩弄人类为乐。

机器人对人类的研究颇有进展。

不要靠近切尔诺贝利！极度危险！极度危险！极度危险！

已经迟了，我心想。

轰——

我成了巨大的蘑菇云中的一点尘埃。

我从一片轰鸣声中醒来。

…………

不知不觉间又睡了过去，直到被推着我肩膀的动作和一串叽里咕噜的声音弄醒。

…………

一双浅蓝的眼睛带着纯净的光芒看着我，隐约能看到他尖尖耳朵的轮廓。

一个长相与我类似的生物。

…………

我们要去探寻远处的一处存在。

…………

一片又一片的废墟。

…………

“你们当牢记你们的使命。”

“北方——”

…………

“切尔诺贝利!”

轰——

我从一片轰鸣声中醒来。

…………

“1986号实验体第426次实验。”一道冷漠的带着嗞嗞杂音的声音响起。

坐　车

方　浩

彩色纷繁的灯光在车窗呈现浮影，双重的彩光，让窗外如斑斓的幻境。霓虹灯是城市的夜，我在窗内看窗外的繁华。

车水马龙也是夜晚的景，但在车流中是看不真切的，得在天桥，得俯瞰它。我曾在天桥上漫步过，车总是不缺的，白的灯、红的灯、白的车、黑的车、黄的路灯，组成一条光河。远处是细的密的，在闪烁，近处是亮的，疾驰着扑入闪烁星河。

在城市的车流中看霓虹也不是最好的，太近太低。乘火车来时，只是无聊地看窗外，不承想为虹光所惊艳。有彩点飘在边缘，有大片大片的光幕在中心，或许在近处能看清光幕上的广告，但在我这儿，只有色彩的变幻，各个光幕在呼应，又各不相同，可以看到红的色区在变大，一会儿又变小，似乎颜色在相互吞吃着。彩点飘在间隙中，是彩色的星空，与天空合为一体了。

车依旧在行，我坐在靠窗的位。红绿灯旁是等待的行人和电动车，我可以看清他们的行色匆匆，刚从超市购买的大包小包。

我不禁生出了抵制，我难以忍受日复一日的寒风中的奔波，为微薄的薪禄而奔波。那样的话，我会成为工作的奴隶，我会没时间进行“无用的思考”，我会失去对一切文艺的美的追求。

想着，我愈发对城市生活恐惧了，恐惧“城市化”了。

“到了，我们下车吧。”

伴随着打开的车内灯，我忽然醒悟过来，跟着下了车。

“明天还要上课呢，快回去收拾睡吧。”

“是啊。”

晚

朱　冉

夜晚指下午六点到次日的早晨五点这一段时间。在这段时间内，天空通常为黑色（是由地球自转引起的）。在夜晚，气温通常会逐渐降低，在凌晨达到最低。晚上也是非常漂亮的，晚上的风和白天的风是不一样的，同样的，晚上的先锋巷和白天的先锋巷就是两种感觉。

（一）

当燕子像枯叶一样旋落入巷道，人们似乎会把初秋恍惚认成冬季，多雨的秋，秋天的先锋巷黢黑阴冷，没有人愿意踏进。不只是秋天，一年四季的先锋巷都不令人喜欢，没有人喜欢先锋巷，就像没有人喜欢枯燥的生活一样。

先锋巷却是城市最长的巷子之一，从巷头走到巷尾足足需要二十分钟。巷子很窄，地上铺的是青石板，下雨的时候青石板浸湿了就成了黑色，又因为此地多雨，所以这里的地，始终是黑色的。两边的建筑是白墙黑瓦马头墙，白墙不白，青苔和霉点占据了墙面；黑瓦也并不黑了，每年漫长梅雨季的浇淋和夏天倾盆大雨的冲刷，使瓦片呈现出一种阴惨惨的灰。走在这条街里，就始终处在一种名称与色彩不匹配的错觉里。

街头是几家杂货店，卖烟的卖酒的卖寿衣的，门口招牌长年不换，站在巷道里也望不见店里有人无人，只能窥见店里的电视屏幕闪着红红绿绿的光，播音员木讷地念着世界各地的新闻，这声音同主干道的汽车鸣笛声、人们交谈声混在一起，奇怪的是并未彼此交融。

没什么，这些都是无关紧要的事情，我想说的只是这天清晨过后这段时间的故事。

巷子中间那扇攀附着浓密爬山虎的门打开了，一个三轮车缓缓被推出，随即吱呀一声，门被关上，这辆锈蓝色的车在石板上颠簸着，像工业革命时期的铁皮箱，被人粗暴地推行，发出难听的声音，穿越巷口浓白的馄饨摊水汽，这声音响了很久才完全消失。

（二）

当他踢着路上的小石子走在回家路上的时候，无暇顾及周围的风景。学校此刻已经离得很远了，但关于学校的一切还是在脑海里盘旋。头脑里都是纷乱的念头，他低着头走路，看着路上铺就的砖块，忽然想到自己碌碌无为的十六岁人生。

怎么会突然就蹦出这么一个无聊的想法？

他觉得自己就像这一个个砖块，早就被人规划好了一切，只需要按部就班地填埋就可以了。可所有人都把这个填埋的过程想得太简单，挖坑，放，抹平，丝毫没有想到砖块之间横亘的间隙。考试，人际交往，那些忽然涌出的情绪，都会把他裹挟走……

突然眼前的道路变得拥堵起来，像一块横木躺在逼仄的河道里，一辆锈蓝的三轮车躺在马路上，零件、物品散落一地，是车祸造成的交通堵塞。

他也幻想着自己因为难以面对各种各样的问题，在车流汹涌之际冲入马路，躺在血泊之中的场景。

傍晚天还透亮着，他一路胡思乱想到了巷口，穿过杂货店，爬上几节缺了砖块的台阶，便见到青苔附在一楼楼道的墙壁上，不知道谁家的水管漏水了，水流顺着青苔流下来，地上剩下一大摊水印。

不知为何，他会想到海草、海带，甚至是未干的血迹。黏糊糊的。

（三）

这是雨季中短暂的一个晴天，太阳发出的光线比往日更加强烈，阳光透过香樟树叶斑驳洒落，先锋巷的路也有了柔和的修饰。他们像往日一样出摊，阳光下锈蓝的车棚都变成了宝蓝色。

太阳强烈照射，更加强烈照射，直到人声渐强，蝉声更甚，晚饭的香味干扰了过路人的思绪。

夜来了，天色暗下来，收摊回家的时候车棚恢复了锈蓝。

行进过程中，三轮车的链条断得很突然，停得突然，于是后面的车撞过来也只在一瞬间。这只是一次普通的剐蹭，后面的轿车几乎毫发无损，可是这辆自己改装的三轮车根本经不起这样的撞击，于是我们看到的就是满地的零件和油纸包裹的小商品，指甲剪啊，五颜六色的尼龙袜，还有一块红漆写的“件件三元”的牌子。

轿车车主倒是很爽快地驾车离去。

老两口和他们的三轮车就在那里，像一条蓝色的鲸鱼搁浅在沙滩上。城市傍晚的车流渐渐密集起来，从他们身旁驶过，默契地绕开他们。老头子倒是麻利地把那些小商品塞进蛇皮袋，扎好口子重新放进车里，把断掉的链条缠到车的辐条里，然后示意老太婆和他一起推小车到路边。

老太婆老是绕着这辆三轮车转啊转，过往车辆的鸣笛声几乎要彻底吞没他们了。

(四)

掏出口袋里的钥匙，手被口袋拉链的锯齿割得生疼，开了门，喘着气换上拖鞋。带上门，妈妈从厨房走出来看了看，把手在围裙上擦了擦又走进了厨房。饭菜的香气弥漫开了，他才感觉到饥饿。今晚应该是有红烧牛肉的。浓郁汤汁的气味早就浸透了每一寸空气，但他并没有想吃的欲望。他回到卧室，夕阳从窗台照进来，有一瞬间渺小的震撼，但又描述不出到底为何。他放下书包，把书一本本拿出，铺开，就躺在椅子上，静静地坐着，朝窗外望去，越过狭窄的先锋巷。他这一刻很想有一个属于自己的相机，把这一切都拍下来，这些变幻的云霓，夕照下的湖面，人们的过往动作剪影，他爱极了这些风景。他想着，他宁愿割舍所有，也不愿意使这些令他愉悦的风景消泯，即使只是短暂的感觉。但这念头总是转瞬即逝。他倚在躺椅旁，就以这样的姿势保持了若干分钟，看街道上过路的人和车子。

没有什么引人发笑的事情，但他却笑起来。直到窗外被蓝色所覆盖，他才转过头。桌上陈列着书，上面的字快看不清了。直到这时他才直起身子准备打开台灯。可是按下开关，没有反应。

再试一次，按，松开，再按下去。房间依然被黑暗笼罩着。

他挪开椅子，站起来。打开壁灯，没有反应。

停电了啊，他一边想一边朝房间门口走去。

（五）

他们两个人就一前一后推着车往家走。

他们两个人把车推到堆满纸盒纸箱的院子角落里，仔仔细细检查了后面被撞凹陷进去的部分，原本锈蓝的漆掉了，里面深红的铁皮裸露出来，像血肉一样。

他们的宝贝遗产三轮车在马路的力量对抗中惨败，血肉模糊。

他走到儿子房间里，找到了儿子以前修理三轮车的工具，抖了抖灰。他慢慢踱过去，坐在一个马扎上，一言不发地，慢慢把车的链条接起来。把手放在车的脚踏板上，就那样转动，带动链条也一起转动起来，发出清亮的声音，车轮也欢快地滚动起来。他可以明晰地记起儿子以前骑着这辆车的样子，下班之后就大声按着车铃直接冲进院子里，老太婆不知道跟他抱怨过多少回了，二三十岁的人还是跟小孩子一样，没有正形。即使他离开已经七年，但是时间好像还定格在昨天。他们盼着那样的傍晚，从仲夏到隆冬依旧没有回应。

天色渐渐暗下去，三轮车成了蛰伏在阴影里的黑色巨兽。他招呼着老太婆把灯开了，却得到停电的讯息。

（六）

打开卧室门，和他想象的一样，灯灭了，现在最亮的地方就是自己的卧室了，他兀自想着，月光从他房间的窗户那里照进客厅。凭着这冷白的光他看见了躺在沙发上的妈妈。

应该是睡着了。

他走到厨房里，打开冰箱，忽然意识到停电了，冰箱暖黄色的灯没有亮。雪糕会化掉的吧？他打开冷藏柜拿出一根，撕开包装就吃起来往出走。秋天了，夏天买的雪糕还没有吃完，又得浪费，或者明年再吃，但明年可能就过期了。想到这，他有点想折回去看看剩下雪糕的保质期了。但脚没有走过去的欲望，他就站在客厅到厨房的过道间吃着雪糕，看着月光在腿和脚之间游弋，冰得舌头发麻，身体却发热起来。

他突然觉得自己爱上了停电。

想起他和妈妈的冷战。他这次月考成绩退了班七名，他们大吵了一架，他还记得那个晚上他摔碎的鱼缸，鱼死了，水溅到地毯上，就像楼下黏腻的青苔一样。他记得妈妈用异常尖锐的词语刺激他，他记得他歇斯底里的大喊被她粗暴地打断，连解释的机会都不给。他不会跟她说他是因为考试的时候流鼻血污染了试卷造成的低分，他不会说是因为她和爸爸的深夜争吵。那天晚上他直直躺在床上，听着外面的争吵，每一字每一句。他觉得自己成为家庭的负担，因为他的存在。第二天考试时他的头昏昏沉沉，流出的殷红血液提醒着他生命力的流出，直到卷子上沾满血迹，他才反应过来卷面分的丢失。

这些事情，他现在不说，以后也不会说了，无论什么事情，都不再说了。

他挪动身体，又试了试台灯开关，没有反应。

作业没有办法做，明天还得去学校补作业，可是想到学校里另一堆杂乱的事情，与妈妈的冷战还在持续。

他想着今天见到的湍急车流，人，停靠在河岸边的锈蓝色死鱼，岸边的苔藓潮湿水汽蔓延。他看了看闹钟。

八点四十三。照亮房间的已经不是月光而是昏黄的路灯的光了，他忽地想起刚刚月光照满了房间的情景。原来自己胡思乱想了这么久了，但他还是没有克制自己思绪的蔓延。

他甚至想到死亡，虽然听起来很情绪化。

（七）

他就和老太婆望着角落里深黑的车。

他打算明天喊他的小侄子拿电焊的工具再过来帮他修一下，如果不行就破费点去修理厂看看。

反正，是一定，一定要修好的。

这个三轮车是当初儿子在化肥厂工作时用来配送物资的，下岗后就闲置了，留给他了。老头子自己鼓捣了一阵，给这三轮车加了一个顶，里面细细地用铁丝封好了边。这样白天载上一车小商品去摊位卖，晚上回来的时候去捡会儿瓶子、纸壳，周末不下雨的傍晚，去卖给城北收废品站的人。

他把口袋里的几百块钱掏出来，又好好数了一遍，走到里屋摸黑打开衣柜，把钱夹到放在衣柜底部的存折里，又好好把衣柜关上。转过身他可以通过纱窗看见院子里的那辆三轮车，隐藏在浓郁的树影中，展现出的是一种近似于枯槁的色彩。他记得之前儿子骑着这辆三轮车在城南城北之间神气地穿梭，儿子继承了他高大的体魄，走起路来，脚步都生风。

风吹到墙角，爬山虎呼呼耸动起来。

（八）

他和妈妈的冷战像一道横亘的围墙。就像卧室的房门一样，他这一边，她那一边。

他一边躺着，一边这么想着。

打开的窗户使风吹进来，晚上的秋风使房间里灌满了落叶的味道。他就这样无所事事，等待着电的回归，等待着其他困境的化解。

靠在椅子旁的他，就这样反反复复想了多次。

当虚构比真实更真实

胡冰涵

灯被拉下，白光忽而化作一根根银丝在黑暗中折断，月光慢慢浸湿灰色的窗帘，从缝隙中渐渐流进屋里。

他如往常般将手机的闹钟拨动至一个熟悉的数字，瞥了一眼在黑暗中尤为突兀的主屏幕——5月5日，23：00，随手按下机身一侧的锁屏键，准备入睡。

睡前已服用过的安眠药似乎失去了药效，他拿起枕侧的手电筒，这还是他刚来这座城市时买的第一个“贵重、实用”物品，至少对于这间小屋中那盏经常“灵魂出窍”的灯倒是有些用处。手电筒的电也很久未换，昏暗的光束打开了那间装有各种药物的抽屉，又有几颗白色药粒掺和着水从他细长的脖颈流进，一夜入梦。

他未曾听见熟悉的闹铃声，只是忽而站在一座高大的建筑旁，穿着制服的男女相继涌入，这无疑是一个公司，墙上的蓝色玻璃在阳光的反射下闪闪发光，却刻意避开他那快发霉的身体。他来到这座城市已有两个多月，仍未找到一份正经的工作。离家前母亲那含着不舍的微笑突然跳出来，同这势利的阳光般，讨厌得让他窒息，体内的青苔始终蔓延生长，不见天日。

肢体的习惯促使他走进公司，他又开始了应聘。

面试官的眼睛盯得他浑身发麻，他又想起读书时老师锐利的眼神，分散成一只只蚂蚁，在他宽松的衣物中无情噬咬，奇怪的是他竟有些怀念，至少在他买下一瓶瓶啤酒，吃下一颗颗安眠药时曾这样想过，现在，这种熟悉的感觉又涌入体内了。

他甚至不知道自己的嘴会在脑神经的操控下说出什么令人作呕的话前，面试就结束了，等到双手接过带有电子卡的崭新的工作证时，他的记忆还停留在面试最初考官写下的那个日期上，5月5日。

当他看见自己仍躺在那张变形了的木床上时，一度以为自己做了一个梦，但工作证真实的触感无法不让他怀疑。眼前忽地一片模糊，熟悉的事物跳起了“眩晕舞”，此时，倒是比梦境更虚幻了，他又打开了那个抽屉，尝试从“梦”中醒来。5月6日凌晨。

时间还未赶到天明，窗帘外的世界正被一团沉静的黑水包围着，但不时远方也会传来几声低吟，梦是大脑的无意识表现……

他的办公桌邻近总裁办公室，地理位置的得天独厚给了他更多表现的机会，但刻苦做事以外，也就发现工作不过平平淡淡。在事情未达自己预料时，人们总会通过回忆来填充内心，他也不例外。每当抱着15元一份的盒饭吃着土豆白菜时，便总会想起在老家母亲做过的菜，又会忆起大学食堂里的故事，甚至自己刚来时潦倒的生活，这些都喧嚣着他血性的青春，而现在，这些远远不够……

5月30日，人事部通知，他被升为部门总经理。那段时间里，他是一个奇迹。

头痛迫使他的眼睛睁开，他习惯性地点开手机，5月6日19：00，冰凉的触感让他一惊，随即眼底的光芒照亮了这间五十平方米左右的小屋。不够，他还要更多……

离会议开始还有半小时，总裁的话像春天飘扬的柳絮般让人无处可躲，“这次的订单关乎公司以后的经费运营，把它交给你，既是机遇，也是挑战，若能顺利拿下，我会联名其他董事推举你为副总，但若是不能……”

坐在红棕色的会议椅上，汗珠争先恐后地从他手心里细密的毛孔钻出，再栖息在纯白的打印文件上，以前读书期间总是暗讽那些在演讲活动中紧张的学生们，现在才知，所有的不平与贬低中都暗藏着一味嫉妒，不同的人往往有着相同的本质，只是显露的时间不同罢了。

眼前的画面依旧模糊，大脑在往事与今夕的分界线上飞快地跳跃，面对一张张嘴的闭合，一句句含糊的声音，一道道轻蔑的视线，不断地交织，重合，最后化成一座铅，以最快的加速度将他压得粉碎，他竟也不知是否身在其中了。

总算最后还算圆满，在会议室的白炽灯闭幕前，他轻快地签下了自己的名字和日期，8 月 3 日。

他渐渐沉迷，陶醉在“副总”带来的鲜花和掌声中，几乎所有人都知道，一个新人，在短短三个月中晋升为公司副总，他，于是成了近乎梦境的存在。

他终于可以透过独属于自己的蓝色玻璃俯览整个城市，或许，等一切安定了可以把母亲接来，或许，可以试着和其他同学联系联系……

贪婪蔓延开来。

一道电话声打破了这短暂的沉寂：

“喂，有事吗？”

“有事？面试都快结束了，你怎么还没来！”

“你用这种语气跟我说话？你知道我是谁吗？”

“我管你是谁，一个要来面试送外卖的家伙，能是什么人？

你不用来了，我们不需要你。”

他猛然睁开眼，夕阳正准备收拾起自己的最后一道光束，小屋即将陷入黑暗。5 月 7 日，18：00。

所谓梦境，即最根本的虚构。

任何真实到极致的虚构，它的宿命，终是破碎。

翱于天，游于梦

陈建林

“尊敬的旅客朋友你们好，您所乘坐的 HU7660 航班即将起航，请您带好您所携带的行李物品到登机口准备登机。”

通知已经发出，可我却并不想过早出发。登机前有一个习惯，透过走廊旁的玻璃，再看一眼我所在的这个城市，倒不是怀旧，只是感觉这中间有一种离别的美感，听着耳中不停单曲循环的歌，望着远处窗边一去何茫茫的方向，一年就这么过去了，我离开这座曾经心心念念的城市，回到最初成长的故乡。暮色之音吹响归途号角，怀着对思念之人的期待，怀着对假期生活的向往踏上故乡的返程。

很快，飞机起航，巨大的上升力催发出一种无形的压力，压着我的胸膛，阻止我向上爬起，但我又怎能屈服，还没有从空中看过武汉，特地选了一张靠窗的座位好俯瞰一番城市景象。

最初的俯瞰稍显无趣，稀疏的民居夹杂着不远处看似凋零的土地与树木，几处湖泊也在夜色的映照下显得黑暗而无情趣，毕竟这是郊区，和海南边野的山川湖泽确实不能比较。但随着高度的提升，城市的全景渐渐就映射在我的眼中，万家灯火闪耀，城市的霓虹灯在黑暗中不断变幻着风姿，从这里依稀可以看到黑云掩映下的江河流过，也许那是长江，也有可能不是，渐渐笼罩的夜色使城市蒙上了一层薄纱，倒也显得风情万种。

都说大武汉，可在此刻看来却也显得格外平常，大概只有在空中才能让人慨叹天地的广阔与人类的渺小吧。长江如带，高楼似坡。你拼命奔跑的千米在别人看来也不过是咫尺之距。从空中看世界，心里似乎多了一分开阔与淡然，毕竟何事高于天，何人美如云，此刻所有的烦恼于云雾中消散，吟一首苏子赤壁赋，在寄蜉蝣于天地，渺沧海之一粟的慨叹中且随风行。

伴着飘渺的云雾，机舱内也变得安静了起来，大家像约定好了似的，你不言，我不语，享受这奔波半天后难得的宁静与小憩。在这云间，没有手机的打扰，我执木心先生一本小书，在优美的纯音乐声中品味书中语言的意味深长，读到精彩或者感慨之处，在心中默默记下，慢慢思索。很多时候就是这样，人心嘈杂时不知其味，唯有一个人寂静思索时方能体会书中文字的魅力与意义。我一会儿读书，一会儿望着窗外的云霞，落日余晖下，夕阳似乎给天空画上了一道彩妆，金色的艳影在云层跳着金色的舞，在明暗交杂间描绘出一幅好看的水彩画，配着书中木心先生诗意般的语言，不禁向往起天边云彩的尽头，那尽头像是一处勾满彩霞的天堂，我身处大气层之上，想搭乘一架永无终点的航班，执一纸薄卷，遨游于云端。

伴着乘务员的通知，这段两个多小时的航班即将达到尾声，透过窗户，我已能看到琼州海峡的海面以及不远处海岸线上的星星灯火，我迫不及待脱下我厚重的衣裳去迎接我温暖的家乡，但也正如前面所说这两小时的航行更多地给我带来的是一种意犹未尽之感。

与其降落于现实的原野，我更愿意化为一只鸟，一阵风，翱于空，游于梦，在无尽的彩霞中自由遨游。

民谣里的武汉

齐玲君

在外地人眼中，武汉也许是发达的、繁华的、有历史底蕴的。雄伟的长江大桥，先进的光谷科技城，数不胜数的人文古迹……这是一座生机勃勃的新一线大城市。但是，一座城市的底蕴不会因为时代的发展而发生巨大的变化，纵然武汉的生活节奏很快，但是冒着白烟蒸汽的早餐铺门口，还是有人想吃上口热干面来过早，还是有人怀念早已被拆除的六渡桥的热闹非凡，还是有人期待着去东湖散散心、赏赏景。或许在土生土长的武汉人眼中，烟火气，人情味，才是“市井小民的我的城”。

《汉阳门花园》：“汉阳门的花园，属于我们这些住家的人”

初闻汉阳门花园，可能会误以为它在汉阳，但其实汉阳门位于武昌，与汉阳古都隔江相望，打卡胜地。汉阳门在对比下显得冷清许多，却也因此成了当地人闹中取静的去处。因此汉阳门在长江大桥下的这两块空地，被附近居民亲切地称为“花园”。

起初，“汉阳门花园”这个称呼只在居民中流传。这里的生活就像冯翔在《汉阳门花园》中唱到的那样：“冬天蜡梅花，夏天石榴花。晴天都是人，雨天都是伢。”小小的两片空地，承载了汉阳门的春夏秋冬。住在附近的居民守着自家的茶摊，等待客人上前买上一碗解渴的清茶，被那开得喜人的繁花吸引而驻足欣赏的路人，也是茶摊老板的顾客。茶摊旁的老人蹲坐在炭炉子旁，拿着装着藕块的铫子，等藕汤煨好出锅。温热的清香扑鼻，老人从黑乎乎的铫子里盛出满满一碗藕汤，便坐在花园里等孙儿回来喝藕汤……

如今，随着疫情过后《汉阳门花园》的传唱，这两块空地又勾起了许多本地人儿时的回忆：字碑南面的水杉不知安静生长了多少年，才这样拔地参天，半高的树杈上还挂着一只画着卡通角色的风筝，不知牵挂着哪个小朋友的期冀和欢笑。老人们坐在树旁的凉亭下，两手落在大腿上，和身边的朋友侃侃而谈。再往东，是通往户部巷的民主路，道路边也有不少居民零零散散地坐着吹风、闲聊。走到马路南面，就是宽阔的长江。高大雄伟的长江大桥横跨其上，桥上桥下，都有不少人隔着护栏观赏江景，目送翻涌江水上的渡轮驶向汉口……

《六渡桥》："六渡桥，不见了"

《汉阳门花园》承载着武汉伢们幼时家门口的难忘回忆，但孩子总要长大，总要离开家，谁也无法逃避成长，然而成长，往往伴随着失去。所以当我们慢慢长大，再回头，却发现自己与青春里的人与事渐行渐远……

六渡桥，是二十世纪八十年代建成的人行天桥，地处老汉口的核心地带，周边商业繁华，老字号林立，商贩的叫卖声、汽车的鸣笛声交织，不绝于耳。武汉三镇的人来到六渡桥，便如民谣里唱的那样：在长堤街边上的铜人像前驻足，再听听民众乐园唱的京汉楚。天桥上，人群熙熙攘攘，天桥下，车辆川流不息，而情窦初开的少年，隔着人群，偷偷望一眼喜欢的女同学……

但为了配合地铁施工，六渡桥在2014年被永久拆除。三十年的陪伴，一代人的青春回忆就此落幕。暗恋的女同学留学后便失去了联系，而六渡桥也湮灭在城市的日新月异里。

如今，桥名犹存，桥身已不见。在六渡桥的旧址，已经根本看不出有桥的痕迹，取而代之的是一个四通八达的十字路口。在路边驻足，除了可以听到车辆行驶的声音和鸣笛声，又多了路边的商店播放的流行音乐和人声广告。林立的珠宝店，购物大厦上翻滚的广告屏幕，路边整齐的共享单车，还是人来人往，车辆穿梭不断……

这里依旧热闹，以至于更先进更繁华，只有拐进六渡桥附近的小巷子，才能隐约探寻到它作为老城区的证据：巷口处的电线杆上层层叠叠贴了不少小广告，许多已经被雨水冲刷得褪了色；往巷子里的居民区走，一股陈年累积的油烟味儿弥漫在空气中，老旧居民楼已经变黑变黄的墙壁上，还贴着上世纪的明星代言广告……

回忆里的大多数早已消逝不见，徒留的残影也只能当作物是人非的提醒。无论是承载着少时回忆的人行天桥，还是青春里掺杂着甜蜜、遗憾的暗恋，都已经被收藏在时光的匣子里，告一段落。但即使故事的发生地仍然蒸蒸日上地发展着，一切都在向前看，却总有人拥着回忆，徘徊在老街，念念不忘地悲伤着。

《东湖》："背坨坨，换酒喝"

老景会消失，青春会逝去，但其实生活是一个环，兜兜转转，我们也许会回到一个相似的场景。犹如水蒸发成气聚拢为云，最终仍是坠落成雨，或许一切变了，但其实一切又没变，我们的失去，总会有另一种回归……

江城水暖，春夏武汉。此时的东湖也迎来游人如织的季节。东湖对于武汉人而言，是个一家人周末休闲放松的绝佳去处。盛开的樱花园，令人沉醉；楚天台，雄伟壮阔；美丽的落雁岛，风景秀丽。

漫步在东湖的绿荫道上，仿佛置身绿色的梦境，路边是平静阔亮的湖面，犹如硕大的银镜。长椅上，头发花白的老夫妇安详地坐着，笑盈盈地看着远处草地上几个正在铺野餐垫的年轻女孩，垫子铺好后，女孩们一样样把食物从包里拿出摆到垫子上，几个少女围成圈坐下，少女的裙摆在黑白格子的野餐垫上展开，银铃般的欢笑声融在骑行的少年带过的风里，阳光穿过树叶缝隙，在草坪上留下星星点点的光斑，这一切都美好得仿佛是童话。

碰巧遇见一家三口，年轻的父母一左一右牵着孩子的手，给孩子指远处的风景，孩子乖巧地顺着父母的手指移过视线，嘴里喃喃重复着父母说的字句。走累了，小孩便要爸爸抱，身强力壮的父亲利落地一把举起孩子，放在了自己的肩头，而妈妈在一边招呼着小心，却也笑容满面，一家人就这样说说笑笑地走远……

这一切与《东湖》这首民谣里唱得一模一样：小时候，“我要爹爹带我去东湖”，而现在，“我姑娘也总是让我带她去东湖”。当初在爹爹背上的“我”如今也成了背着女儿的父亲，而现在欢声笑语的女儿，未来也可能会成为一位带着孩子游东湖的母亲，就像“背坨坨，换酒喝”这样的民谣会一直传下去，平淡的生活也会在代代武汉人身上继续下去……

辑三

至情

相顾无言，
惟有泪千行。

卖花的小女孩

李盈莹

最近，这个广场上摆摊的人中多了一个小女孩。她不是每天出现，每次带的东西也不一样多，到达的时间也不一定。她不卖什么别的东西，只卖花，只卖玫瑰，只卖白色的玫瑰。若是卖完了，她就早早回家；若是到九点还有剩的，她就四处走动，把花送给过路人，或是一旁摆摊的其他人。若有人问她价钱，她有时答“不贵，一元钱就好”，有时答“用您手上的糖换就好”，有时又会答“不要钱，我送给您，您对我说句祝福吧”。

今天是四月四日，可能因为放假了，她来得比平时都要早，太阳还没落山她就来了。今天她带来的花也格外的多，是有她的小胳膊最多能拎下的那么多。正是假期，广场上人头攒动，她就把篮子放在了花坛转角的地方，不占着广场上的位置。

人太多了，她所在的位置又比较隐蔽，只有靠近的人能看见她和一大篮白色玫瑰。因她是一个只七八岁小女孩，路过的行人很多都会在这里驻足一会儿，欣赏一下她放在编织篮里的花，问一下价钱。

她还是那样回答。若你有一元的现金，她就收一元的现金；若是没有，就拿身上的一件小玩意换；若都没有，就收人家一句祝福语。这样，花就“卖”出去了。

好奇的人一直有，只是没人问出来。这回人一多了，总算有了个肯问话的："小妹妹，你这花为什么卖得这么便宜？人家一朵卖十块，你这里一句祝福语就能换到。"说话的人手里正拿着一支白玫瑰，上面的刺早都被挑干净了，不会扎到她的手。

"因为我不缺钱啊。"她掏掏自己的兜，掏出来几张小面额纸币和一把硬币，就那样展示给面前的姐姐看。

"你不缺钱为什么要来这里卖玫瑰呢？"

"妈妈说，白玫瑰象征纯洁和尊敬。我要把它给每一个善心的人。"

小女孩的眼里闪烁着细碎的光芒，诱导着路人姐姐继续问下去："那你怎么判断人家是好人还是坏人呢？"

小女孩扬起一个灿烂的笑容："不抢我的花，愿意跟我交换的都是好人，比如姐姐你！"像姐姐这样的人会用硬币、糖果，或者一句祝福语与她交换。

问话的姐姐笑了，在小女孩眼中就和她手上的白玫瑰一样纯洁。

"你的花？这是你妈妈种的吗？"

"对！妈妈最爱的就是白玫瑰，她种了好多，到今天已经开了大半了！"

姐姐捋了捋白玫瑰的枝干，很平整，没有刺。于是她又问："这个刺是你和你妈妈一起去掉的吗？"她看见女孩手上有几道划痕。

女孩摇摇头："是我用剪刀剪掉的，妈妈说自己的事自己做！"

"那你妈妈怎么不来陪你？她不怕你被拐跑了吗？"

女孩子指向不远处一个和她长得有几分像的男人，说："那是我爸爸，他在陪我，我不会被拐跑的。妈妈睡了，睡得很安稳，爸爸让我不要去打扰她。"

“这样啊。那多谢你了小朋友!”她摇摇手上的白玫瑰，同女孩告别。女孩也摇摇手里的棉花糖，同姐姐告别。

女孩继续自己的“卖花”事业，依旧只收那些似乎微不足道的一块钱、一个小玩意或一句祝福。直至夕阳西下，女孩右手牵着爸爸的手，左手挎着一个大篮子，踏着残余的天光归家。

游　子

李雨潞

陈毛和男友小沙回到农村时正碰上婚礼现场，吵嚷的人群，接亲的车队，将他们两人隔在热闹的外围，人闷罐子似的天气让小沙心里憋了一股不上不下的气，他催促着陈毛快走，却发现陈毛的眼睛黏在了新娘身上。随后陈毛凑近小沙耳旁："等我有钱做了手术，也要办一场风风光光的婚礼。"

沿着接亲队伍来时的方向再走二里路，往西绕过一棵几人合抱的大榆树，再走过一小段土路，两人就回到了陈毛的老家。村子本就不大，来个陌生人几分钟内全村都知道了，更何况回来的还是本村人陈毛。起初围绕着陈毛的只是几个熟悉的亲戚，但陈毛一头及腰的黑色长发，女人家的妆容，白色波点裙下微鼓的胸膛和带回来的不明身份的陌生男人，让周围人那看热闹的心骚动起来了。"这怎么出去的是个男娃，回来成了女娃？""咋带了个男人回来？"指点声、调笑声传入小沙耳中，刺进他心里，他局促地低了低头。

而陈毛显得从容得多，他径直走向了本家的二叔："叔，我想先看看我爸留给我的宅基地。"这是陈毛回来最主要的目的。前不久陈毛的继父打电话说老家的宅基地被村里人占了一大块。陈毛妈妈身体不好，就拜托陈毛回去看看，毕竟陈毛也有十五年没回过老家了。看到在自家宅基地上多是别人家的鸡鸭在舍里乱跑，甚至房子扩建过来若有若无地占据些地方，陈毛的心凉了半截。他当即决定和男友小沙晚上搭棚子在自家土地上睡下来。

小沙心里是闷着气的，手上收拾东西的声音有意地大了、重了，是有股子撒气的意味在的。陈毛不是不懂，他慢慢靠近小沙揽过他手里的活，“这宅基地是值不少钱的，商量着把赔偿拿到，说不定够我们再回深圳生活。”陈毛顿了顿继续说：“再说，我们要在一起一辈子，你还没见过我爸我奶呢，明天我们去坟上看看他们，咋样?”他用手肘顶了顶小沙又问：“你是不是不爱我了?”“不是。”小沙被抵到的地方微微发痒，忍不住笑了一声，一笑，心里的气就顺走了大半。两个人都笑起来，还询问对方：“笑什么?”两个人一句连着一句，一句顶着一句，问到后来完全是嬉闹的状态了。慢慢地，棚子里的空气有了动态，一小部分荡漾起来了，在这推波助澜的空气里，陈毛和小沙接吻了。

在这个吻里，陈毛恍惚间看到了他和小沙的相识。陈毛 13 岁时父亲入狱，母亲很快改嫁离开了村子。他就跟着表哥去深圳捡垃圾养活自己。再长大些，就在经人介绍的饭店里干活，和饭店员工住在宿舍里。也是在这段和男同事同吃同住的时间里，陈毛恍然间明白了自己的性取向。

后来在网络聊天室里，陈毛遇到了小沙。最初，小沙是不怀好意的，他用花言巧语撩拨着网线这端的心，给感觉自己是异类而苦恼孤独的陈毛以温暖的抚慰，再有意无意透露出自己贫穷的状况。可是他逐渐发现陈毛是叫花子当衣服，啥也没有，比自己还穷，这种不怀好意的心思就在慢慢相处中变了味，成了怜惜和同情，甚至他还给陈毛买了一台 BB 机。

爱情的气味透过湿腻阴暗的出租屋，顺着开了皮的电线将两个人连在了一起。

陈毛辞职，到小沙打工的歌厅里被老板看上眼，戴上假发，凭借自己的好嗓子扮女人上舞台表演。这份工作带给陈毛的不仅是鼓起来的钱包，更是他心理上的满足。陈毛爱上了这种感觉，这种当女人的感觉。每当他拂过那顶枯燥的假发，观赏着自己脸上稍许媚俗的妆容，摸索着演出服的裙边，他总是隐秘地欢喜着，心理上的奇异的满足感让陈毛下定决心，当一个真正的女人，为了他自己，也为了和小沙永远在一起。

陈毛用光积蓄做了割喉结和隆胸手术，但这远远不够，他需要更多的钱。在那个年代的深圳，一张一张的钱，像阿拉伯的神毯，在空中飞蹿，覆盖在了无数人的头上；它们上升，旋转，翻腾，俯冲向了赌桌、彩票店，陈毛被这种魔力吸引，不由自主地坐在了赌桌上。十赌九输，越赌越输，越输越赌，一次激烈的争吵在小沙和陈毛间爆发了，这次争吵最直接的结果是陈毛离家出走找到了好友大文。

大文和陈毛一样，也是一名跨性别者。大文有些矮胖，常架着一副黑框眼镜，这是他爱看书的表现。陈毛听大文讲他最爱的一本书，是一群和他们一样的少年被家庭放逐，聚集在自己的青春鸟王国的故事。大文常说，在最深最深的夜里，他能共情到那群少年让欲望焚炼得痛不可当的躯体和寂寞的发疯发狂的心。陈毛听不懂这些，但是他记住了他在书里看到的一句话："总有那么一天，你们仍旧会乖乖地飞回到自己的老窝里去。"陈毛觉得是时候应该回到自己的老窝去看一看了。

陈毛和小沙在村子里住了两月有余，十月的风吹落叶，簌簌有声。棚子里渐渐凉了起来，夜晚吹得身子板快僵了，这要是入了冬，就更没法住了。陈毛这天正忧心着宅基地赔偿的事情，恰好看见村长领着二叔二婶走来了。

二婶是出了名的嘴皮子利索，秉着先礼后兵的原则想着今天就把这事儿彻底解决了，温声开口道："二毛啊，这宅基地当初虽说是你爹买的，可是后来大家也都知道，你爹做生意赚来的钞票不光彩，犯了法。这买地的钱既然都是脏钱，那这地还能算你家的吗?"二婶无视丈夫的拉扯继续趁热打铁："再说了，二毛，你好端端一个男娃，现在又变成了个女的，这地又不能传给后代，放着有什么用?"

此时的陈毛气到站不直身子，嘴唇微抖，刚要反驳时却被村长止住了话头。村长说道："二毛啊，最要紧的不是这块地的事情，是你们不能在村子里住了。村子里有不少孩子，瞅着你们两个男人混在一起，你们这叫什么事啊?"小沙知道这不过是借口，村里人是害怕陈毛和自己再继续住下去，他们就再也拿不走那块地了。可是他也看见陈毛已经在一声声的指责下，在一句句的辱骂中，弯了腰，偃旗息鼓，再没了战斗的勇气。最终，陈毛以600元的价格出让了自己家被霸占的土地。

陈毛和小沙拿着这笔钱再次回到了深圳，租房找工作。虽然拮据但也还算温馨，日子要是能这么一直过下去就好了。但慢慢地，陈毛发现小沙在吸食违禁品，班也很少上了，时常就是蜗居在家里打游戏。可是他自己也没有好到哪里，陈毛又开始了赌博。两人互相辱骂着，不惮以最恶毒的话语直戳入对方的心窝。在日复一日的争吵中，陈毛榨干式地衰老了，那层温馨的家的遮羞布盖不住内里包裹着的腐朽，遮不住已经弥漫出腥臭的味道，仅存的爱意被完全撕碎。

陈毛在新年来临之际，将小沙赶了出去。

陈毛孤独地漫行在暗黑的夜气中间，沿着街道一程一程地走，他的胸中顿生了万千哀感，他的眼睛忽然就觉得热起来了，望着大都市的星星灯火，也一点一点蒙眬起来。难道自己真的不配得到爱吗？自己难道注定一无所有吗？自己难道真的要一辈子孤独地过吗？他与这个世界之间的那一道屏障愈筑愈高了，他在这个社会行走的自由，已经被压缩得同针眼儿一般小了。

该往哪走，陈毛不知道。

陈毛又想起了那句话："总有那么一天，你们仍旧会乖乖地飞回到自己的老窝里去。"陈毛又一次回了老家，只不过这次他直接来到了家里的祖坟，坐在父亲和奶奶的坟前，陈毛诉说着自己这几年的经历，不禁悲从中来，随后无声地哭了起来，哭了后就喝酒，烈酒灼心后就开始痛哭。

又一年，陈毛剪短了头发，换了份稳定的工作，计划着多存点钱，年底回去看看妈妈和继父。望着窗外深圳繁华的夜景，这座魔幻却又包容的城市，终是又一次接纳了自己，陈毛潸然泪下。

荷兰盼

万静怡

祖母家后门边，长长的一条路，只有一盏路灯发着白光。小九瞧见一位老人从破旧的小砖房中走出，她是祖母的邻居。小九上前打个招呼，老人就把小九喊进了家门，让她坐在桌前喝杯水。深褐色的木桌边沿上有几粒白米饭，小九抬头看了一眼老人，她正在换一件宽大的花睡衣。于是小九伸手捏住了米粒，轻松一丢，扔进了垃圾桶。老人的屋子是老房子，又小又旧，空荡荡的，没多少玩意儿，小九突然感觉少了些什么，“阿婆，狗呢？”

“死了。”老人上衣换好了，微微出了些汗，白花花的头发虽然盘着，也松了些。小九忍不住看着老人问道：“阿婆，阿公呢？”老人正要坐在床上换裤子，一听小九这话，愣了一下。她把几根散落下来的头发夹在耳后，沉沉地说：“出门了。”祖母喊小九回去吃饭的声音在此刻响起，出门时，小九回头看了一眼老人。一个人，坐在床上，呆呆地。

农村人嘴碎，尤其是在饭桌上聊七聊八，小九听到祖母与阿舅谈到了隔壁那位老人的事情，“一个月前她的丈夫死了”。小九的心里咯噔一跳，等着祖母的下文，“本来还在好好吃饭的呢，就那么一下，心有点痛，往床上一躺，呜呜了几声，人就没了。你瞧瞧，就那么突然呀……”

“桌上的饭菜都不收拾，荷兰娘就一个人坐在床前，坐了一晚上。到早上了，才把大家伙儿喊来商量事情……也是可怜了。”小九这边，同辈老人之间用“娘”或“爷”称呼，隔壁那位老人名字叫“荷兰”，于是老人们都喊她“荷兰娘”。

在小九年纪还小时，不懂得这些礼数，天天扯着嗓子边跑向老人家边喊：“荷兰娘，荷兰娘……小九来玩啦！”这时候祖母就会透过厨房的窗户探出头来纠正：“错啦错啦，小孩子不能这么喊。”

荷兰娘的丈夫并不在意，回头朝荷兰娘笑：“叫吧，多好听，对吧，荷兰。”荷兰娘端着盆笑：“贫，快吃饭了。”外头总说江南吴侬软语，温柔，特别是七八十岁的白发老人操着方言时，他们没有几颗牙齿，抿着上嘴唇喊一声爱人的名字，比秋收的稻香还迷人。

祖母的村子有一个习俗，若是留着长发，总要梳成辫子，用两个黑色夹子把鬓边的碎发夹在耳后。于是乎，每天早上，总有一位位老人吱呀呀打开木门，嘴里咬着皮筋发夹，站在屋前打理头发。荷兰娘总是让她的丈夫帮她编辫子，坐在椅子上，眯着眼，手里握着一台小小的收音机，里头正唱着戏，她的满头白发被丈夫握在手里。

“今儿打一个还是两个？”“随你。”

老人的丈夫把手往一旁的水盆里一浸，在空中甩两下，就认认真真地扎起了两根辫子。小九在一旁看得入迷，站了许久。老人的丈夫瞅到了小九，就笑着对小九说：“荷兰眼神不好，让她打辫儿呀，丑。还是我给她打得漂亮。”小九哈哈大笑，看向坐在椅子上的老人。老人家依然闭着眼睛，嘴巴却在笑。

吃完晚饭，小九又站在了老人的家门旁，此刻她正拿水盆接水，小九看见木桌的桌沿上又沾着几粒饭粒，垃圾桶里的饭粒被捡起来了。这可能是她丈夫没来得及吃进去的饭吧，小九悲情地想。

一个人走了，他就这么走了，眼睛一闭，两手空空，但是又没那么简单。不仅留下的人心里空落落的，他曾经住过的房子、用过的器具，甚至吃过的东西都变得意义深远。

这些玩意儿都被绑上了思念这把锁。

小九站在那条路上，回头看着那寂寥黑暗的屋子，荷兰娘又是一个人了，“我走了，荷兰娘。”

“早点回来。”

小九想，那应该不是对着她说的。

这　狗

何怡宁

这是一条高大的狗。养在泥里乡下，毛皮看起来却仍是油光水滑。耳朵不是耷拉下来的，是直直挺起的；嘴不是一条细微得几乎藏于毛发中的小缝，而是两角呈下垂形的倒月，显得很清晰，不过也许是因为它的毛发短小细密的缘故。暗黄的毛发，深黑的毛发，在身上的分布是很妥帖的，像是经过岁月冲刷后的陈旧却无损的战袍。这是一条高大威猛的狗。

这狗很高大，看起来是正值壮年的，然而主人家也记不清这狗是有多大年纪了。只记得当年从别人家里刚抱养过来时，还是很小巧伶俐的。小主人上学的时候，它在这儿了；小主人工作了，它还在这儿。

这狗是很高大的，因而看起来是极凶猛的，其实又不然。有生人在房外的小道上走来了，它呜汪狠声；生人进来了，原来是邻居，主人一喊它，它就安静下来了。也有时，人从房外小道上走来了，它呜汪一两声，不等人进来便不再叫了。于是主人家知道这不是生人，不是邻居，而是自己的亲属来了。这狗是很有点灵性的。

这狗没有名字，乡下的土狗是养来看家的，因此多半没有名字，有名字的狗是娇贵的。当唤这条狗时，只需大声呼：“狗！狗！”或者是用很儿化的很拟声的一连串的语气词来呼它，它便知道是叫它的了。这种语气词是很常用的，比如要唤家里的鸡来吃食，就是撮圆了嘴而发出连续的语气词，倒像是吹着古怪音符的笛子似的。

这狗跟别的狗是很有些不同的。别的狗面对亲密的信任的人会伸着舌头，摇着尾巴，眼睛仿佛是亮晶晶的，整个身体都溢出了喜悦的气息似的，像个小孩子一样。然而它不这样。主人家很少看见它这样祈求爱怜的模样，多半是严肃的、庄重的表情。喂它食物时，它是这个样子；至于给它松开狗绳的时候，倒几乎是没有的，因为怕它走失了，因此这种时候它会是什么样子是不得而知的。

这狗仿佛是过早成熟了的。它小时候的样子已经模糊了，主人家看见的就只是现在的高大威猛的形态和庄重严肃的表情了。

这狗的主人家是我的外婆家，这狗的小主人是我的舅舅。说起来，这狗跟我舅舅的故事倒是我极喜欢听的。

谁也想不到这狗是这么的忠诚且有灵性。当我舅舅在乡里读书的时候，这狗还没有被绳子束缚起来，每天下午都赶着去接小主人——倒像是爹娘接小孩似的，虽然那时候我舅舅也算不得小孩了。我舅舅从高大的、油漆剥落的校门中走出，像一片叶子混在一堆叶子里似的混在一群大孩子里，也许他还是跟一两个男生一起回家的。这狗就坐在地上，摇着尾巴，抖着耳朵，眼睛紧紧追随着他，黑黄色的毛发在落日余晖下闪着亮，在一片泥土枯草里是很好看的。于是我舅舅呼哨一声，这狗就踩着碎步跑过去了，偶尔呜汪一两声，跟在他身后，或是跑在他前面两三米的距离，闻闻这个，嗅嗅那个，撒一泡尿，又继续往前跑，倒像是领路似的。我没见过这狗小时候的样子，但我猜测它是这样的：小时候的它是与其他小狗无异的，是会摇尾巴的。

我喜欢的还有另一个故事。当年，外婆他们是曾想把这狗再度送走的，送到另一个村的亲戚那里。于是这狗就被送走了，狗窝那里就空荡荡的了。忘了是多长时间，也许是几天后，或者是十几天后，这狗竟自己跑回来了。那样远的距离，那时候的它是怎样地奔跑着自己的腿，躲避着路人的脚，也许还躲过孩子投来的石子和枯枝，一点一点跑回来的呢？那样陌生的地方，它是怎么记下回家的路线的呢？难不成是外婆家便有特殊的气味，像老槐树嘟噜噜的白花一样，传得很远很远，从这个村传到那个村？难不成便是这狗竟被大自然悄悄放了个追踪器，使得它可以精准地寻回来的了？然而那时候估计连追踪器都很少有的。

所以这狗是不会走失的，它是不会离开主人家的。本来，也可以这样在主人家慢慢老去的。

然而这狗值得说的故事仿佛也只有这些了。这是一条乡下的看家的狗，它的故事是平淡的，普通的，少有波澜的。也许也像乡下人家的生活。乡里的人家大清早就起来了，推开门的时候，养狗的，狗吠了几声，养鸡的，鸡打了几个不合时宜的鸣。它们大声呼喝着，喉咙里也许还发着磨盘似的沉重的声音。然后柴火就噼里啪啦地燃起来了，俏生生的红花在昏黑中绽放，又在灰烬中熄灭，像一朵溅出河面的水花，细碎的灰烬有几片从滚烫的火堆中悠悠然飞出，栖在人的油腻腻的头发梢上。再之后暗黑的烟囱里就飘出了袅袅的烟，向着鱼肚白的天空而去。

这狗的生活也不过如此。晴天时，或站着，或趴着，嗅着院外小路上的气息，呜汪吠着。雨天便躲在棚子下，狗窝里，依然是那样沉静的样子。它沉静地看着主人家，好像是没有情绪似的。

因得我自己家中也养了一只小白狗，我对于狗是有着天然的亲近感的，然而对于这狗，我总是怯怯地，倒像是它的威严让我不敢亵渎。我看着它庄重的表情和高大的身形，想要摸一摸，却从来不敢真正付诸行动。然而这狗对于我是没有丝毫恶意的。它沉静地看着我，没有表情，我看着它，心里总是有点害怕。现在想来，也许它看我的心境其实是亲切柔和的，像一个年纪很大的长辈，柔和地注视着嬉闹的小孩子。那时我也不过是一个小孩子罢了。于是便经常是这样的场景，我凑到狗窝旁几步远的位置，愣愣地看着，它站在那里，静静地看着我。我回身跑到屋子里拿了骨头近于讨好地扔给它，它的耳朵也许动了几下，吃完骨头又还是那样淡淡的模样。

嗳，可是我现在想起这狗，倒觉得它其实该是非常亲切的了。

这狗，本也是可以安然老死的。我如今不大记得具体的事了，便是当时，我也很懵懂。我只知道外婆后来大概不想养狗了，便将它交给了我父亲。那天，这高大的狗坐着掉了红漆的叮叮咣咣的三轮车和我们一起回了家，然后被拴在了院子中间的杏树上。便是这一个过程里，在我的记忆中它也是一路沉默的，眼睛里是沉静的，仿佛有泪。它是该多么信任我们，才会这样安静啊。

然而我只见了这狗一天。第二天，父亲便说这狗是被卖掉了。再后来，餐桌上出现了一大盆鸡肉，我吃得不亦乐乎。然而并不是所有人都像我一样傻，二伯家的哥哥姐姐近于怜悯地看着我，说，这是狗肉。母亲一口肉都没有碰。那天晚上，这狗是被我二伯打死的，这样高大的一条狗。

这事终究也瞒不过外婆，父亲将所谓的鸡肉给外婆也送了一些。她气得直哆嗦，大声嚷嚷着——她的嗓门一向是很大的：

“我以为你们是要将这狗卖掉才让你们带走的，没想到你们竟把它吃了！你们居然还骗我，要知道是这样，我是绝对不会让你们把它带走的！”外婆有一双小眼睛，松弛的眼皮下垂，皱皱的眼睛看起来成一条小缝。因此，她是否哭了，我不得而知。她撕破了鸡肉的伪装，怒气冲冲地让我们将它带走。

我父亲不是坏人，我二伯也不是坏人。事实上，他们都是有着纯良的心性的。像我的父亲，杏子成熟后，他是会大筐大筐地送人的，馋嘴的我对此是很有不满的，然而我父亲依旧是那样乐呵呵的样子，一双笑眼弯弯的。后来也无非是外婆家的狗窝空荡荡，我家的杏树也空荡荡。之后外婆又养了一条狗，她一边给狗和食，一边叹着气说这条狗真是傻，狗窝附近屎尿混合，几乎没有下脚的地方。这条狗倒是经常摇耳朵摆尾巴，一脸欣喜讨好的模样。它总是乐颠颠的。然而我也很少摸它，因为它太脏了。而且，看家狗多半也是不适应人类的爱抚的，它们总是会被我的抚摸惊吓到。

我只知道我现在想想也直欲落泪了。若我当时知道这狗会被端上桌，我也绝对会死死护着它的，小孩子的任性未尝没有作用。可是既然事情已经发生了，我现在这样说，就显得既无聊又没意思。

而这狗也只能是这狗了。

最美遇见

冀美同

【听见冬天的离开，我在某年某月醒过来】

飞雪，枯枝，银装。拥挤的站台边，一枝枯条不合时宜地伸向人群方向，企图用它干枯了的“手臂”留下行色匆匆的旅人。林夏低头看了一眼钩在自己帽绳上的枯枝，随意地将枝条摘下来，抬起头继续向前方车厢疾行。猛然地，她看见前面人群中有一个熟悉的背影，鹤立鸡群，孤傲挺拔。不受控制地，林夏费力拨开人群，向那人跑去，埋藏在记忆深处的回忆泉水般涓涓涌出。

【我遇见你是最美丽的意外】

有人说，年少不要遇到太惊艳的人，会误终生。林夏的十八岁，却从不后悔遇见过陆远。因为他确实惊艳了她平静无波的高中时光，点缀了她的青春空白。

陆远一直是整个学校里最耀眼的存在。无论是球场上还是演讲台上，抑或是灯光璀璨的舞台上，他永远游刃有余。

作为他的后桌，是很近的距离，但是却没有什么太多的交集。只有零星的几句对话。这些对话也十分简单，常常以“林同学，借我支笔”开始，以林夏低着头伴着一声“嗯”递出笔结束。这里却有一个只有她自己才知道的秘密。她养成了在文具盒里多放几支满油的笔的习惯，也喜欢上了逛文具店，喜欢偷偷买些成对的文具，在他不知道的时候悄悄和他用着同款文具。

高二的一次体育课，老师说课前跑 800 米，没有了往日整齐的队伍，同学们很快都挤到了内侧跑道上。本就体育不好的林夏不知不觉被挤到了最里侧，她一边费力地跑着，一边盯着脚下的排水孔，生怕自己崴脚。可是怕什么来什么，一个不小心，她的脚卡在了排水孔里，一个没站稳，摔到了地上，膝盖和手肘都与大地来了个亲密接触。塑胶跑道坑洼不平，登时伤口处便火辣辣地疼，疼痛让她的眼睛瞬时间模糊了。这时，耳边响起一声关切的问询："你没事吧，手给我，我扶你起来。"她缓缓伸出手，抬起头，正对上陆远温柔关心的目光。"老师，她伤得有点重，我背她去医务室吧。"得到老师的许可后，陆远背上受伤的林夏，缓缓走向医务室。少年背着她，走得很平稳，一路上，两个人都没有开口说话。那段路说起来很长，其实也就十分钟左右的路程，可那十分钟却让她记了好多年。这之后，两个人之间的交流渐渐多了起来。

上大学前，林夏最后一次见陆远，她将他送到了去往另一个城市的火车站台，看着他拖着行李走上火车，火车渐行渐远。她心中默念，"谢谢你，陆远。"她最终也没有说出藏在心里的话。大概永远也没有机会说了吧，那就永远埋藏在心底好了。

【我等的人他在多远的未来】

看着眼前陌生男人疑惑的脸，林夏忙道："对不起。"也许真的不会再见到了吧？这样想着，泪水不觉涌上眼角，心中波澜却渐渐平静。徐志摩说："一生至少该有一次，为了某个人而忘了自己。不求有结果，不求同行，不求曾经拥有，甚至不求你爱我。只求在我最美的年华里，遇见你。"如此足矣。

慢

姚雨霏

木心曾在《从前慢》里面写道：从前的日色变得慢，车、马、邮件都慢，一生只够爱一个人。

老家的前堂一直摆着一座古钟，记忆里钟摆总是慢悠悠地左右摇摆着发出沉闷的嘀嗒声，每到一个整点会发出相应数目的声响。

那时候没有闹钟，于是爷爷奶奶都靠着数十年身体养成的习惯早起做豆腐，从前一夜的泡发黄豆开始，然后在接下来的一个清晨研磨豆子、过滤、成模、切块。

我们家的豆腐总是十里八乡最为畅销的，这都得益于爷爷奶奶崇尚的“慢工出细活”精神，不仅在做豆腐的时候是慢悠悠的，连叫卖豆腐也是慢悠悠的。像古钟一样，数十年如一日，循着自己的节奏——慢慢生活。

每逢中秋佳节，丹桂飘香之际，村里总会组织人手来编织草龙。爷爷一直是扎草龙的一把好手，用慢但却细致的巧手把一捆捆新割的稻草变成一节节精美的草龙。听着爷爷嘴里轻哼着的民谣，闻着清新的稻草香，我也跃跃欲试地想要动手尝试一下扎草龙，爷爷手把手地教我，“慢点，别急，对，要把这边的先翻过来。做这样的手艺活一定要慢，慢工出细活，记住了吗?”

于是我点头，却总是做不好。

就这样慢慢地、慢慢地，一年又一年过去，一条条精美的草龙自爷爷的手中诞生。

伴随着五彩缤纷的烟花和噼里啪啦的爆竹，身上插满了香枝的草龙自村尾出发，蜿蜒前行，慢慢地移动。长辈们在龙头前吹着唢呐，敲着锣鼓，青年男女卖力地舞动着草龙，小孩子就在其中欢笑玩闹。还有一位青年高高地举着插满香枝的稻草球，指引着草龙缓慢地向村头行进。草龙就在一片欢声笑语中沉没在村头的河底，保佑着河流，保佑着村庄，保佑着这里的人们能够生活美满、幸福安康。

后来爷爷去世了，带着他的草龙，和他几十年的豆腐事业。

因为村里会扎草龙的人渐渐不多了，这门手艺也就渐渐失传。接下来每年的中秋都不能再看到那跟不上时代的草龙了，手机、电视、电脑代替了一切。望着中秋的月亮，我能深切地感受到有什么东西在慢慢地流逝着。

爷爷走了之后，靠奶奶一个人也不能做豆腐啦，因为工作量实在太大。

古钟传来沉闷而雄浑的钟声，这是穿越了一个时代的钟声。

有时午夜半梦半醒时迷蒙中听见钟声，也仿佛听见了爷爷慈爱而温暖的声音，他说：“慢点，慢下来吧。”

慢点，慢下来吧。至少等我们学会了前人的手艺再前进吧，再看一看世间的花花草草，再感受一下乡间的微风，再参与一场舞龙。

这次要好好地挽着爷爷奶奶的手，看一看到底是怎么做的，然后和他们一起卖豆腐；这次要好好地研究一下古钟，试试看它能不能定一个闹钟；这次要慢慢地仔细地扎一节草龙，在它被沉到河里时小声地告别，然后许愿，希望村庄和这里的人都能一直平平安安。

遇　见

张艳艳

春风微荡，吹得人心神不宁，阳光散散地照下来，空气中有点燥热，车厢内有点拥挤：年轻妇女哄孩子的声音，孩子们的嬉笑尖叫，老年人吵架似的聊天。刘粹不自觉地抓了抓自己的领子，想让清新的空气进来点，更多的时间则是盯着车窗外无聊的景色。战火还没烧到的杭州，依旧是日常模样，除了报纸上的战事和偶尔的飞机轰鸣声，仿佛战争跟此处无关。

列车到了一站，许许多多的人下去，又有更多人拥了进来。

但刘粹还是一眼就看到了她，只一眼，刘粹的心就如同石头丢进湖面，逐渐生动起来，连带着整个世界都生动起来。一定是天意吧，又遇见她。春风轻轻拂动她的头发，露出白净的脸。时兴的学生头发，素净的格子旗袍，还有腋下的书，无一不昭示着她的身份，应该是附近学校的吧。每周五的这班列车让两人的生命线有了交集。他喜欢这种遇见，不经意却又在冥冥之中。

他听见心里有个声音在叫嚣："站起来，走上前去，问她的姓氏！"不行不行，脑子里那些四书五经，告诉他不可以这样做。太莽撞了，她不认识我，一定会认为我是个轻佻肤浅的人。我母亲也断断不会接受这样的"新式"女子。他又冷静下来坐定，但心里的千层浪依然无法平息。种子一旦种下就会疯狂生长，开出花来。

这繁花仿佛已经带他回到家里，他开始发了狂地想念，也开始发了狂地打听。

“许希，许希！多么美的名字啊，她就是我的佳人。”他开始出现在每个她会出现的地方，学校的教室，她家旁的小路。他喜欢她的笑，喜欢她读书时的认真模样，喜欢她苦恼时皱起的眉头。这种喜欢涨满他的内心，溢到了纸上，一封又一封的热情洋溢的情书都飘到了许希的桌上。

时间很快溜到冬季，经历了夏炎秋凉，刘粹终于收到梦中的那封信：“君用情至深，愿永结同好。”只一句他就懂了。母亲觉得他简直是胡闹，甚至要给他和另一个女子定下婚约。他下定决心，他只要牵起她的手就能感到无穷力量。最终他胜利了，虽然母亲不允许办西式婚礼，但那天十里红妆，漫天的红照得他心里暖洋洋的，他的新娘凤冠霞帔，面如桃花，慢慢走近……

嘟嘟——轰，火车迈着老年人的步伐停了下来，他也从他的美梦中醒来，自嘲似的笑了笑。她要下车了，他觉得心慌，他一定要做点什么了。他站了起来，向她走去。但他的身份，他肚子里的经书，他母亲的谆谆教导，一瞬间都涌了上来。“我不能，我不能！我不能……”他着魔似的碎碎念着，女孩听见声响回头望了他一眼，他目光一看到那张干净的脸，却是触电一般，他逃也似的奔下火车。

“在这个新式的年代，我这样的人是不配拥有爱情的。”从此他们再也没有遇见。

生死场

王馨仪

清明时节，我踏着淅淅沥沥的小雨，回到黄泥铺成的农村老家。

泥土地的颜色由于受到雨水的冲刷显得更加鲜黄，又更加松软、稀湿，鞋底上沾满踏青的足迹。仔细看，还能发现小草的嫩芽连同泥土一起，被沾到厚实的鞋帮上。想着擦去，又不忍——这是春季！万物复苏的季节！可还是会有生灵在这个季节死去。

来到猪圈，两头黑色的小猪，一头在惬意地打滚，另一头在吃午饭，时不时发出哼哼的叫声。人来了，就簇上前去，以为会给它们带来什么惊喜。发现什么也没有，也没太大生气，憨憨地回头，慢步回棚子里。

猪圈的右边，是放杀猪工具的隔间。仅一墙之隔，原来生与死的距离，也没有那么遥远。到了年末，隔间里的大盆、大刀就要派上用场了。上面的灰尘将被鲜血洗净。

原来生与死是可以预料到的！甚至连时间和地点也被精准地计算好。这是我们看生死的人都知道的，而那些要经历生死的，却不得而知。

隔间里有一个竹篮，掀开盖子，是昨晚产下的七只小狗。一只花的，六只黑的。眼睛还没睁开，爪子还是肉粉色的。它们和母亲一同待在这个结束猪的生命的地方，这又是小狗们生命的开始。

才读完萧红的《生死场》，里面说：“在乡村，人和动物一起忙着生，忙着死……”生死之间没有界限，人和动物永远都是在奔赴生与死的路上。

清明时节，得以停下奔赴的步伐，以生者的身份，祭祀、悼念已故的先祖。站在墓碑前的这一刻，时间是静止的。这仿佛是最接近死亡的一刻，但扫墓的人们脸上写着的，却是与逝者在一起时的思绪。这一刻，没有生与死的顾忌，只有生与死的联系。

小雨还在下着，只是小了些。我端起一盏雄黄酒，洒在未曾谋面的先祖墓前。

银　簪

胡采熠

福贵拿着那根断开的银簪站在空荡的小屋里时才意识到，那个不知从何而来、名字为何的老太太已经被埋在了一天前的那场泥石流中。

村里的孩子们都叫她哑婆——她没有舌头，唇周的肌肉像缺水的花萼一样向内萎缩，说话时嘴巴只能张开一个小口，露出空荡的口腔。三十年前，福贵第一次见到哑婆时才满两岁，便被这一口深渊吓得号啕大哭。那天，下了一夜的暴雨刚停，田里都是积水，福贵妈听到儿子的号哭时正在一旁的水田里忙碌，抬头一看，一个穿着破棉袄踏着破布鞋的女人正一脸无措地站在田埂上张嘴发着啊啊的音节。“你找谁?”福贵妈直起身子朝她喊道。哑女闻声连忙向福贵妈走去，在袄子上擦了擦手，从肩上的包袱里拿出了一张叠得整整齐齐的纸递给了福贵妈。“哟，我可不识字啊!”福贵妈瞧着纸上的字摆了摆手，正准备让她到别处去问问时，突然瞥见那哑女头上竟插了根和这副落魄样子毫不相符的银簪，心中疑窦渐生，便叫住那哑女：“咱们这一片儿只有镇长识字，我带你去找他。”

也就是那天下午，福贵妈在镇长家看着哑女一笔一画写下了她的半生。福贵妈不识字，只看到纸上还画上了银簪的图样。哑女的身世镇长半个字都没透露，但福贵妈却听懂了他的叹息：

“福贵妈，你把她带去后山废弃的房子那儿住吧，那儿离你家近，平时多照看着些。”临走前福贵妈指着哑女当时给她看的那行字，问镇长那写的是什么，镇长说：“请给我一个能睡觉的地方。”

三十年里，村里的孩子们都知道后山的小木屋里住着一个哑巴婆婆。摇摇欲坠的木屋孤独又坚韧地立在一片空草地上，远望着群山。窗子是用纸糊的，屋门吱呀打开，屋里的陈设一目了然，阳光照不进低矮的房屋，发黄的灯泡沾满了蚊虫的尸体，灯光闪烁，好像下一秒这间木屋就会失去它唯一的光源。墙壁上布满了氧化的陈年污垢，钉上钉子，挂了一串晒干的玉米，屋子的正中间铺了张有补丁的凉席，凉席上摆着只放得下两个碗的饭桌。旁边是灶房，一罐哑婆自己做的辣椒酱、一瓶盐就是所有的调味品。墙上挂了把缺口的菜刀，灶上只两三个碗和一口小锅。整间草房里的活物除了她，或许只有藏在墙缝里的臭虫，连老鼠都懒得光顾。它和它的老主人一样年迈，哑婆衰老的速度甚至比这个遭受风吹雨打的木屋还要快些。年轮毫不留情地从她的身上碾轧而过，不过六十来岁，脊背不正常地向下佝偻，牙掉得只剩了几颗，眼皮松弛地耷拉着，一头干枯的白发盘在脑后，被那根发黑的银簪子插住。穿着一双不知道缝缝补补了多少次的黑色布鞋，进山背柴挖野菜的时候都要拄着拐杖。

那天是一个和之前的三十年没什么分别的早晨，哑婆正补着衣服，听见一声牛叫，眯着眼认出来是福贵的儿子，“奶奶的膝盖受伤了，不能出来，让我给您送点肉来，您改天去看看她。”哑婆撑着地板站起来，拉住转身就要走的小孩，又拄着拐杖从一旁的竹筐里拿出一些刚摘的南瓜，塞进黄牛背上的袋子里，点了点头目送着小孩走远。见着日头还早，哑婆吃力地直起身子，从半人高的木衣柜里翻出几张皱巴巴的零钱塞进裤子内侧缝好的口袋里，再把筐里剩下的一些南瓜装进藏青色的包裹拴好，拄着拐杖去山下的车站赶车。

那天刚好是镇上赶集的日子，哑婆坐在车站旁的石头上没一会儿，村里的张婆李婆也提着菜篮来了，“要去卖南瓜吗?”“您的南瓜种得真好啊，我都种不出这么好的南瓜。”她们七嘴八舌地说着，也不需要哑婆的回应。哑婆时不时地点点头，坐在中间，虽然一句话也不说，倒也不显得格格不入。车来了，哑婆提着包裹最后一个走上车，售票员看到她时连忙上前搀了一把：“您今天去卖菜吗?”哑婆朝她点了点头，从裤兜里翻出车钱递给她，伸出拇指，弯了两下——这是“谢谢”的意思。

到了集市，哑婆走到一家小卖部门外，展开包裹，盘腿坐在地上，拿起一个南瓜，吃力地直起脊背。看到一个带孩子的母亲走近，她连忙举着南瓜向那个母亲啊啊地喊着，女人皱着眉头摆了摆手，拉着孩子快步走远了。“卖青菜咯，新鲜的青菜!”“猪肉猪肉！新鲜的猪肉!”集市里人来人往，吵吵嚷嚷，哑婆看了眼街对面大声叫卖的摊主，下意识张了张嘴，又无奈地坐了回去。一上午过去，集市上的人渐渐少了，哑婆的南瓜还剩了几个。捏着今天赚的几十块钱，哑婆拄着拐杖走到水果摊前，“买水果吗? 我这儿的水果好吃又不贵。”哑婆又往摊前走了两步，才看清篮子上的标价。她指了指最便宜的苹果，挑了五六个装进塑料袋里递给摊主，“八块。”摊主说。哑婆从缝在裤腰上的口袋里掏出卖菜钱，一张一张地理好递了出去。

回到后山的时候日头正毒，哑婆坐在凉席上仔仔细细地梳着头发，再用银簪束紧。惦记着福贵妈的伤势，哑婆提着一袋苹果往福贵家走去。福贵家添了两个小子，家里不算特别富裕，倒也其乐融融。福贵妈坐在阳光下，凳子旁放着一堆还没剥完的玉米，看见哑婆走来，朝她招了招手：“快坐，怎么今天就来了？”哑婆坐在凳子上，拐杖放在一旁。福贵妈的牙也没剩了几颗，嘴唇向里凹陷，说话不太利索，她咂巴着嘴说：“我今天很无聊。”

哑婆点了点头，又拍了拍自己的膝盖。

“我的膝盖？还是老样子。”

哑婆拿起一旁的苹果递给她，福贵妈赶忙推回去：“我不用，你留着自己吃。”

哑婆固执地把苹果放在她怀里，福贵妈无奈地咧咧嘴：“那我就收下了。”这样一笑，本就满是皱纹的脸更显得皱缩可怖。

正说着，福贵从镇里回来，见到哑婆连忙从包里拿出一封信，递给哑婆：“镇长让我交给您的信，您收好了，回去记得看。”哑婆闻言赶忙接过信封，拄着拐杖正准备起身，福贵妈拍了拍她的手，说：“以后再来。我膝盖不好了，不能常去看你。”哑婆点了点头。

“要再来。”

“死前再见一面。”她又说。

哑婆顿了顿，重重地点了点头，转过身去，走了两步又回过头来，福贵妈还坐在那里，朝她挥了挥手：“走吧。路上小心。”

看着哑婆的身影消失在视线里，福贵连忙问道：“妈，是姑的家人找到了？”福贵妈缓缓收回视线，看着自己壮实的儿子，叹了口气道：“多半是的，镇长这些年没少为你姑的事儿操心。她这一辈子一个人太苦了。这家人，来得太迟了。”

回家的路还长，夏日山里的天气变化无常，刚才阳光明媚不一会儿就阴云密布，伴着震耳的雷声，大雨说来就来了。雨下得又猛又急，似有毁天灭地的气势，雨水肆意地冲刷山上的泥块，阻住了所有人的脚步，直到第二天下午。雨停后，正准备去自家田里看看的福贵才发现山上落石堵住了崖边的小道，叫上几个中年人拿上铲子忙活了半天才把石块清走。正准备离开，余光却瞟见一件眼熟的物件儿，福贵蹲在路边伸手拂开地上的泥浆，捡起了一根断开的银簪，银簪的主人却不知所踪。

险窄的路边是万丈深渊，悬崖边的乱石堆里露出了一张模糊了字迹的信，信里是这样写的：

三十年了，我才能对你说出这句："不负所托。"

三十年前，你把银簪的图样交给了我，这些年我一直把这银簪给每一个到镇里的外乡人看，希望能够找到你的家人。你幼时被骗，人贩子剜去了你的舌头，长大后被几经转卖，能一个人逃出生天实属不易。昨天，我去接待来山上避暑的邻省省长的夫人，她认出了这根银簪。她说，这根银簪是她当年的嫁妆，家里的妹妹淘气，在她出嫁那天看着喜欢便拿走了，妹妹也就是在那天不见的。我想，她应该就是你的家人。如果你愿意，他们这几天都会在镇里招待所等着你。

银簪还是断开了，在它即将物归原主之时。

桃花若梦

覃懿樾

（一）桃之夭夭，灼灼其华

春日融融。

“小覃，你看见老师在群里发的通知了吗？你被安排去图书馆值班啦！那以后我借书可方便了。”蒋蒋眉飞色舞地说着，我迷迷糊糊地从宿舍的床上坐起来，一阵微暖的风从门缝挤进来——好温暖的感觉。“哦？是吗？随便吧，哪里值班都一样，图书馆倒落得个清静……”诚如所言，对我来说或许值班是个麻烦事儿，但或许图书馆真是个好去处。

说着我便开始收拾书包了，一去值班就是整个下午的光景了，图书馆离宿舍也不近还得赶校车过去。

是普通的一天，唯一的变动是下午就要去图书馆报到。我需要干的活儿不多，就是整理图书，督促同学把书放回原位等等，在我看来是一件无聊的事儿，所幸不麻烦吧。

与我交接的是一位恬静的师姐，经典的黑长直，窈窕淑女，软语绵绵，把工作仔仔细细介绍一遍后便走了，阅览室的前台就只剩我一个人了。比较开心的是我争取到了去文学阅览室的机会，那是个又宽敞又古朴的屋子，桌面很宽写字方便，文学书籍更是能满足我的查阅和研究需求。不过我还无意中收获到一份“礼物”——窗外是好几棵桃树，这个季节桃花正好盛放，屋内读着圣贤书，屋外便是良辰美景。这倒是个美差！

阅览室的人并不多，大多数人都是借了书便走了。所以留在阅览室的人我印象格外深些，发呆的时候就望望对面的他们，或者看看这窗外正在相继开放的朵朵桃花，春花烂漫，春光迷醉，我也常在那桌上打盹儿……

桃林无杂，间以修竹。春日蜀地久夜雨，但也无妨。“晓看红湿处，花重锦官城”，雨后花儿越发娇媚欲滴，整个院子好生可爱。

“桃之夭夭，灼灼其华。”黄季夕看着窗外的景致，欣然忘情。临春闱，欲赴京赶考者——季夕心中躁而不安，却又略带欢欣。寒窗苦读，不为人前显贵，但求以一官半职，以解囊中羞涩之苦。

天初霁，水汽朦胧，阳光底下花草树木熠熠生辉，季夕寻思小游一番，便出门去了。微风时起，纷纷扬扬，落英缤纷，粉白夹杂的桃花为黑青色的屋舍添了几分暖色。野鸟格磔其上，一派生气。一只黄鸟雀跃，只见其以喙衔花，入口食。既而，飞向远方溪流涧泉之中，与常鸟不可比也。

“同学，你是不是该下班了？”一个低沉的男音在我耳畔回荡，我努力地睁开眼睛。落日的余晖停留在房间的最后两排书架子上——我该回宿舍了。

“哦？……哦……，是哦，我这就去把书归位。”睡眼蒙眬中我闻到一股很淡的香味，是桃花清雅的味道从窗外飘来，还夹杂了别的馥郁芬芳，但我来不及陶醉，头也没抬地就开始收拾自己的东西，然后直奔书架而去。我手忙脚乱中才发现眼镜没有重新戴上，看不清楚书架高处的编号，眼镜在书桌上，这才想起刚刚是有个男生来着，但他早已不见了。

或许我该谢谢他提醒我？或许明天还会碰到吧，我想着。明天碰不到就得等下周末了，可是我连他长啥样都不知道，不知道他的学院名字……算了吧，或许再也见不到了……

不知道为什么，那天晚上我异常激动，对那个低沉的声音和那股扑朔迷离的味道感到好奇不已。这些因素的突然闯进，好像让我的生活有了一丝涟漪，一点神秘。一直想着那些是是非非便睡着了……

桃林无杂，间以修竹。芳草鲜美，落英缤纷。说到那黄鸟非常，朝露暮浆，皆为其食。不日竟幻化人形，其形翩若惊鸿，婉若游龙，荣曜秋菊，华茂春松。为特别一处，眉心一点桃花，娇嫩欲滴，粉白通透，以鸟兽为伴，与花草同泽。这黄鸟甚爱桃花，心慕桃源而不得。天赋异禀，灵活自如，常遇见山中砍柴做活者，听其言语，得知山下有一小溪，名唤“桃源溪”，两岸桃花成行，恍若仙境。因常观其举止听其言语，不日便会说得些字。阴以往其家取得几匹粗布裹于身蔽体，一日下山，为寻桃源，缘溪行。

花谢花飞飞满天，岂忍复踏落花天。黄鸟见状拾起片片桃花放入体中，时而梨花带雨见者流泪，时而因枝头娇俏丹唇露齿……

叮叮叮！叮叮叮！……猛地醒过来，又是早上了。

今天会见到他吗？刷牙时候脑子里只有这一个念头。

（二）桃之夭夭，有蕡其实

春日迟迟。

春天的气息更浓烈了，阅览室外的桃花开得越发好，几乎全部舒展开来了，甚至有些“乱花渐欲迷人眼”了。为了避免昨天的尴尬，我决定早些时候就开始收拾，在拿起桌上的一本书时，一个木质的书签从一本书里掉下来，上面还有一朵桃花，和这窗外的光景正相衬。桃花背面刻着“黄稼”两个字。我顺着翻开这本书，叫《桃花若梦》，叫我惊讶的是，它的第一章叫“桃之夭夭，灼灼其华”，便开始进行环境场地的交代，那些字句营造出来的画面和情景和昨天打盹那个梦好像啊……

正当我恍惚怅然，“哦？是你啊。我还没看完呢，之后我自己会放回去的。”

是这个声音，这个音高和语调，低沉迷离，短促有力。

我迅速回头，四目相对，我的眼睛落入他的双眸。大大的双眼皮和卧蚕眉，衬得他很有灵气，挺鼻梁，五官十分端正秀气，像小说男主角一样。

“啊，哦，是你昨天提醒我的么？谢谢啊……”我说话都开始结巴，“呃……不好意思，我以为是没有放回原位的。呃……书签真好看，黄稼……是你的名字吗？”我大概是鼓起勇气问的，但也确实按捺不住了。

“嗯，是啊。你呢？”他轻轻地问道。

“我啊……我叫覃毓懿。”

这是互通姓名的第一天。晚上我在床上仔细地回忆着今天的每时每刻，除了对这个叫黄稼的男生充满好奇，更对那本《桃花若梦》念念不忘。一方面惊叹于那书中景致和我梦里的桃源如此接近，一方面好奇那书中是否也有一只黄鸟羽化成仙的故事。奇怪的是网上竟然搜索不到任何内容，我便想着问问黄稼好了。

就这样，我开始期待下一次相遇。不知道下周还能不能遇见呢？好想多了解他一点，总感觉有莫名的磁场，也好想看那本书。

惠风和畅，天朗气清。黄鸟仍如往常，桃花已到绝命时，她越发伤感悲叹这桃花际遇。相传这薄命红花的陨落最为凄美，不少人都为这景色而来。适逢黄季夕到此溪边，同为这落红而来。这季夕见了女孩，一眼便觉得清澈可爱，似涓涓细流柔和，若这枝头桃花绚丽不妖。见她一人望着桃花落泪，道：“敢问姑娘为何流泪?”这黄鸟一脸错愕，从未与陌生男子交谈过，“小……小女子无事，劳公子问候。但为这桃花薄命，喟然不已罢了……”

季夕情悦其淑美，心振荡而不怡。想着如此至情中人，为这落红掩泣，不知是哪户人家的姑娘。又问：“姑娘愿为这桃花感伤，想必为性情中人。不知姑娘姓名……哦，在下姓黄名稼，字季夕。家就住在这山腰……”说着说着季夕兴致越发浓厚，这姑娘也为他这番关心理解所动，道：“小女子姓覃名锶祎，家父家母早逝，家住那边山头。”

叮叮叮！叮叮叮！……闹钟又响了，又是早上了。

梦里季夕居然也叫黄稼，我想这大概是我认识黄稼后的一个隐射。日有所思夜有所梦，想到这里我不禁打个寒战，因为我还带入了我们俩的外形特征进去，简直像我们的前世缘起。

我想我大概是疯了。还是说春天来了，少女难免做思春梦?

相思形色露，欲掩不从心。

我倒有点怕见到他了，一方面确实着迷于我们之间的磁场，但又害怕自己的小心思毕露无遗。我不想被任何人看穿，当然我也不确定这就是所谓的男欢女爱。

去到阅览室，我没有看见黄稼的身影。想必他也不是天天来，正好，我去看看那本书吧，找了好久才找到。好像就只有这独一本，就这样我的《桃花若梦》有了后续。我从头开始看，越看越欣喜，越看越不真切。那书里竟然真的有一只鸟成妖女的情节，也与一男子偶遇并且产生微妙的情愫。这和我的梦里那黄季夕与覃锶祎几乎一样！不知道会不会走到最后啊……想到这里我不禁嘴角上扬，好像我和黄稼也真的会如梦里的黄、覃二人一般，会如这书中所言一致似的。

但我没有来得及看到结局，便被老师叫出去做事了，只好把书先放回架子，等着改天再看。

但是没有改天了。

（三）桃之夭夭，其叶已殒

春光已去。

不知道为什么，我之后再去值班的时候，竟怎么都找不到那本书了，翻阅了借阅记录我也没找到有这本书，我甚至问起了坐那附近的同学有没有看见……均无果。与此同时，我也再没有遇见过黄稼，他从我的世界里彻底消失，我想所谓露水缘分大概就是如此吧。我看到窗外的桃花早就落下，枝头上只能隐约看见残红掠影。这流光年华，果真这么容易逝去吗？

我也再没有做这个关于桃花的梦了，不管我怎么努力去日所思，我的夜里都没有这个故事了。

久而久之，我好像忘了这事儿，因为《桃花若梦》的书我再也没有找到，那这个叫黄稼的男生，他呢？他真的和我遇见过吗？

我不知道答案。

我不知道如果我继续做梦的话，结局会是怎样。是二人情深意切终成眷属，还是落得人妖殊途分道扬镳呢？我也不知道《桃花若梦》是否真的存在，如果存在它会怎么写这个故事呢？

我更不知道黄稼于我的意义。到底是惊鸿一瞥，浮光掠影，还是未来的某种积淀和缘分，或者是我春心萌动的恶果。我也始终找不到一点他来过我生命的痕迹。

或许，他真的没有来过。

那我想，我大概是真的疯了。

（四）桃之夭夭，愿其叶蓁蓁

夏日将来。

“毓懿……毓懿……”我听到一个熟悉的声音叫我的名字。猛然坐起身来，我发现我正在团委的值班室里坐着，腰酸背痛——我坐着趴在桌子上睡着了。

叫我的，是我的部门同事——黄稼。他有着和我那个梦里的黄稼一样的音容笑貌。但事实上我们是同事，我们是朋友。

原来那个消失不见的黄稼，是在梦里。

难怪没有什么《桃花若梦》。

“我看外面要下雨啦，我送你回宿舍吧。”黄稼一边收拾书包一边说，这一刻，我也仍然觉得在梦中。

这很突然，毕竟黄稼和我一起值班这么久，他从来没有用他的小电驴送过我，虽然我和他关系的确很好，几乎是无话不说。不过坐在一起为了稳固后座还得搂着前座的腰，至少扯着衣服当安全带。这个确实容易滋生暧昧。

“呃……呃……也行……”我却鬼使神差地答应下来。不知道为什么我本来觉得我该拒绝的。我承认过自己对他的私心，这个也没有什么羞耻，只是我也知道我和他不能开花结果，所以一直告诉自己不可做没有意义的挣扎。

坐上后座，抱着他，起程。

一切看起来多么顺理成章。

我贪婪地享受在他身后的感觉，一边还和他说说笑笑，聊着生活趣事。风吹起我的长发，我应该笑得很恣意吧。

直到我顺着风闻到了他身上的气味，那种温温热热的存在，一股脑儿冲进我的鼻子——和我梦里那个消失的黄稼的气味，真的好像。

那是我最后一次值班，因为马上大三，我也要“退休”了。

所以那也必然是我第一次、最后一次、唯一一次能够坐他后面。往后，我甚至连和他保持联系的噱头都没有了。

我们好像那黄鸟与季夕，也似那消失的黄稼和怅然若失的鯨懿。

没有结局。结束都不知道怎么结束。

“你把我放这儿就行，一点点路我自己走回去。”我假装平静地说。

“好嘞!”黄稼完全没有意识到我的异样和波动。

我一边下车，一边与他道别。

我深知以后不会再有，我也后怕我要像梦里一般与他无再会之期。

我好想和他多说点我小心翼翼的幻想，好想正大光明地抱住他宽大的臂膀。

我知道我不能。我没有一个身份，也恰似欠缺勇气。

“红花易衰似郎意，水流无限似侬愁。”

大概，连这最后无声的诀别也是一个不近情理的梦吧。

没有结局的梦，没有后续的书，不能有结果和“越轨”的我们。

恰似桃花——绚烂美丽在春天独占鳌头，却难逃陨落。

桃花若梦，我们也不过南柯一梦。

能够大梦一场我很知足，我是说认识他我很开心。

桃花毕竟绚烂过。桃花若梦又如何。

辑四

观点

不畏浮云遮望眼，
自缘身在最高层。

《边城》中的“美”与“悲”

冯雪琴

沈从文先生的中篇小说《边城》被公认为我国文学史上一部优秀的抒发乡土情怀的小说。该小说以20世纪30年代川湘交界的边城小镇茶峒为背景，以船家少女翠翠和恋人傩送的爱情悲剧为主线，在恬静淡雅、质朴清丽的散文化语言中展现了翠翠的天真烂漫、爷爷的淳朴厚道、傩送的细腻温柔，让读者在感受湘西独特风俗文化的过程中，感受人物的向善之美。虽然从传统小说的角度来看，这部小说并没有起伏跌宕的故事情节，没有动人心魄的故事高潮，也没有十分激烈的矛盾冲突，它似乎是平淡无奇的；但这部作品又对读者具有强大的吸引力，是因为它是一部以情感人的小说，通过平和恬淡又充满诗情画意的语言所表现出来的亲情、乡情和爱情都具有很强的感染力，让人读后久久回味。同时在美好理想的外表之下掩藏着一种无处不在的悲剧色彩，给读者留下了丰富的想象空间。

一、爱与美的人生理想

朴素纯真的民风民情。打开《边城》，一种浓浓的乡情便扑面而来。边城因其偏远闭塞，生活在这里的人们，似乎还没有受到都市文明和不良社会风气的影响。他们仍然生活在一种特有的宁静和谐的环境中，仍保持着昔日的古老民风，他们善良、谦让、友爱，乐于助人。船总顺顺大方洒脱，“事业十分顺手，喜欢结交朋友，慷慨而又能济人之急”，身为当地首富却豁达洒脱、仗义疏财、公正廉洁、急公好义，备受人们崇敬。尤其是在老船夫死后，在饱受丧子之痛的煎熬中，帮助料理后事，又尽力关照孤女翠翠的生活，想把翠翠接回家里去住，尽了作为一个老朋友应尽的义务。老船夫十年如一日地坚守着乘船渡人，“渡头为公家所有，所以过渡人不必出钱”。他始终清廉自爱，就算有人将钱塞于手上，他依旧会原封不动地把钱退回，激烈之下还会“俨然吵嘴”。经济拮据的老船夫在外面遇见老朋友或者投缘之人会慷慨地请人喝酒，毫不吝啬。卖肉的屠夫与老船夫交情非常好，不想收老船夫的钱，每次都会挑上好的肉给他。这些乡村中人都闪耀着人性的光辉，展示了湘西世界人性的淳朴。“溪流如弓背，山路如弓弦，故远近有了小小差异。小溪宽约二十丈，河床是大片石头作成，静静的水即或深到一篙不能落底，却依然清澈透明，河中游鱼来去皆可以计数。”边城人民一年中最重要的节日之一，“端午日，当地妇女小孩子，莫不了穿新衣，额角上用雄黄蘸酒画了个王字。任何人到了这天必可以吃鱼吃肉。大约上午十一点左右，全茶峒人就吃了午饭，把饭吃过后，在城里住家的，莫不倒锁了门，全家出城到河边看划船……凡把船划到前面一点的，必可在税关面前领赏。”作者用一种抒情的笔调为我们描绘出了一个依山傍水的湘西风光，在古朴的氛围中，人们热闹地庆祝着千百年的传统节日——端午节，到处充满热闹与欢乐。

至真至善的亲情。这部小说充分表现了老船夫和翠翠祖孙间的挚爱亲情。小说中，老船夫唯一的亲人是他的外孙女翠翠，翠翠唯一的亲人就是她的外祖父“爷爷”。在进城去看龙舟竞赛时翠翠时刻关注着爷爷的动向，爷爷也经常关心牵挂着孙女，爷爷“消失”一会儿，翠翠便着急得不行，担心爷爷出什么事。翠翠长大以后，爷爷对她的婚事十分上心，不希望翠翠重走她母亲的道路。爷爷为了翠翠寻找到好的归宿总是周旋于顺顺家和女儿的亲事之中，甚至引起了顺顺和傩送的反感猜忌，最后心力交瘁，遗憾而终。其次天保和傩送的兄弟之情也令人难忘，两个好兄弟同时爱上了翠翠，但他们并没有大打出手，而是选择公平竞争。大老自知翠翠喜爱的是自己的兄弟，虽然不舍但还是选择成全他们，准备驾船离开家乡，没想到后来出现意外身亡。二老得知消息后十分伤心，拼命寻找哥哥的尸体，想要弥补自己的过错，最终他也在无限的悲伤自责中选择了远走他乡。傩送和天保的兄弟情深厚而又动人，是人性之美最真诚的表现。

感人肺腑的爱情。翠翠与傩送的爱情是小说的主线，在行云流水的笔调中，沈从文将主人公的青涩初恋描绘得纯粹澄澈。主人公翠翠是一个善良淳朴、充满青春活力、未经世事的姑娘，“翠翠在风日里长养着，把皮肤变得黑黑的，触目为青山绿水，一对眸子清明如水晶。自然既长养她且教育她，为人天真活泼，处处俨然如一只小兽物。人又那么乖，如山头黄麂一样……”翠翠与傩送的初次相遇便是一个美丽的误会，“你个悖时砍脑壳的”拉开了两人缠绵悱恻的爱情序幕，暗恋的情愫从此在心里扎根发芽。傩送大胆地表达自己的爱意（翠翠并不完全知情），同天保共同竞争，在月明之夜在对溪为翠翠唱歌，在“碾坊”和“渡船”之间毫不犹豫地选择后者，因为他对翠翠的爱意是大胆纯真的。而翠翠由于天生的成长环境因素而过于天真、单纯、内向，她始终没有明确地向傩送表明自己的心迹，看到梦中情人非但没有主动靠近，反而害羞慌张地跑开，两个人之间没有进行合理的沟通，这为两人的爱情蒙上了一层朦胧的迷茫感，最终也造就了爱情的悲剧。

在沈从文的笔下，湘西世界仿佛就像是“世外桃源”，那里充满了人性最初的状态——纯真淳朴，但真实的世界并非这样，小说在描写人性美时也存在着一些局限性。首先是理性化的人性：翠翠和爷爷为渡船免费服务，他们靠着自己种果树维持生活，如果发生一些意料之外的事情如医疗他们该如何处理？天保和傩送单纯的手足之情在真实生活中难以存在，毕竟人心是复杂难测的。人性本善没有错，但这并不是构成人性的唯一要素。再者是人性刻画上的不健全：天保在得知自己没有机会而主动放弃翠翠以后，每日郁郁寡欢，选择远走他乡，按照前面的种种铺垫，天保和傩送都是活泼积极的少年，不应该只因这种事情便选择退缩与逃避，这些都是不太成熟的表现。一个人不仅要有善良的品格，还需要有自己的思考、健全的人格和思想。

二、人生无处话凄凉

《边城》是美的，但也是悲的。茶峒古镇，小溪潺潺流过，溪边一座白塔，塔下一户人家，家里一个老人、一个女孩、一只黄狗。太阳升起，西边小船开渡；夕阳西沉，小船收渡。这生活无形中就构成了一幅图画，这幅图画也正是苗族古老的湘西文明的象征。但这意象的美丽味道却沉淀了真实的恢宏沧桑，沉寂凄婉的悲壮。

爷爷是推动剧情走向悲剧的重要人物。爷爷对于翠翠婚事的过度干预间接导致了大老的出走、二老的误解以及最后翠翠一人独自等待的悲剧。由于自己的女儿曾经为爱殉情，爷爷以为“无论如何”得让翠翠有个着落，可怜的母亲将翠翠交于他，那么他就要把翠翠托付给一个靠谱的人。就这样，爷爷的“反常”让顺顺一家对他们的好感度大为降低，傩送也因长期得不到翠翠的回应而离开。翠翠因为父母的早亡对于周围的事物始终是持有一种懵懂天真的态度，“死亡”在她的认知中也许是一个模糊的概念，她既敏感也漠视，这与傩送对其哥哥大老的死亡难以忘怀的悲痛产生了某种矛盾。在面对傩送的示好时，翠翠因为性格的内向含蓄而躲避，这让傩送摸不着头脑，最后造成了爱情的悲剧。除此之外，傩送也是小说中悲剧人物之一。因哥哥的意外去世，他心中始终无法释怀，认为如若没有情爱之事也许这一切都不会发生。当他沉浸在失去兄长的惆怅悲伤之中时，老船夫的行为在他的眼中非常地刺眼，他觉得兄长的死亡和老船夫脱不了关系。这其中无法解释的误会让傩送和翠翠之间的隔阂越来越深，两人的爱情火焰摇曳欲息，后来以傩送的出走作为两人的结局。最后一句话“也许那个人永远不回来了，也许明天就回来”，失望中有着一种希望，在悲凉之中渗透着湘西世界的凄美之感。

沈从文先生在谈《边城》的创作过程时说：“一切充满了善，然而到处是不凑巧，既然是不凑巧，因之朴素的善终难免产生悲剧。”不凑巧就是偶然，偶然即命运。因为爷爷和翠翠缺乏沟通，不够了解内向敏感的翠翠；爷爷为尊重翠翠两次将大老的提亲搪塞过去，由此大老对爷爷产生了误会；翠翠睡着时没听到情歌，而有意听歌时却没有等到歌声……一系列的不凑巧和偶然让爷爷的一切努力白费，使他心力交瘁，在雷雨交加的夜晚郁郁而终。正如老船夫所说的：“谁也无罪过，只应由天去负责。”作者有意表现这是一个“谁都没有错”的悲剧，让人生出一种无力感。同时，在呈现主人公以及命运捉弄的悲剧性之外，文章也体现出作者对传统文化道德正在逐步流失的危险的惋惜。在《〈长河〉题记》中沈从文说：“在《边城》题记上曾想起一个问题，即拟将‘过去’和‘当前’对照，所谓民族品德的消失与重造，可能从什么地方着手，《边城》中人物的正直和热情虽然已经成为过去陈迹了，应当还保留些本质在年轻人的血里或梦里，相宜环境中，即可重新燃起年轻人的自尊心和自信心。”小说中翠翠和傩送两情相悦，在“碾坊陪嫁”中翠翠心想“这是一个稀奇事”，跟渡船相比起来大多数人都认为碾坊更有经济利益，可以看出大城市唯利是图的观念无意间已经影响了边城人们的行为和思想。再者船总顺顺期望大老娶翠翠，二老娶有陪嫁碾坊的媳妇，两全其美，可无奈兄弟俩都喜欢翠翠，这个念头无法实现。从中可以折射出金钱观念已经渗透进茶峒这片净土，在沈从文先生朴素的文字底下涌动着一种悲伤的暗流，淳朴自然的美德是否会回到农村之中，也许流失过后再难回到当初的模样，这些都是值得我们深思的问题。

三、美与悲的生命之歌

翠翠父母为爱而死，翠翠最终也因爱情神伤，这似乎是一种宿命的轮回，终究无法抵抗。大自然给予了翠翠纯洁善良的天地，无忧无虑地生活在恬静的小山旁，老实忠厚的爷爷无私地坚守着岗位，但是因为家庭原因两人都学会了坚强和隐忍，不希望对方为自己操心劳累。天保和傩送也是心地善良、正值青春的少年，两人公平竞争，手足情深，可还是因为人性之善为三人关系带上了苦涩的滋味。茶峒的街坊邻居都是重情重义之人，生活中充满了欢乐自由的氛围，翠翠和爷爷可以进城看赛龙舟，拜访朋友，缘分之下认识了天保和傩送，在三个人之间展开了青春爱恋的故事。可峰回路转，爷爷去世，傩送离开，美好的一切一下子在翠翠的生命中消失了，结局是翠翠依旧怀着渺茫的希望等待着离去人儿的归来。一个美好的故事在希望中破碎，在温暖中冷寂，正如生命的常态，美与悲时刻相随，这也是生命的一种存在方式。

在沈从文的创作过程中，“美丽总是忧愁的”一直贯穿其中。在整个故事之中，健康、自然、优美的人生形式一直存在，但是作者不愿止步于此，在让读者领略到理想世界的时候一下子又将我们打回到现实世界，朴素的善使所有人的命运都染上了悲的色彩。沈从文先生曾说：“你们能欣赏我故事的清新，照例那作品背后蕴藏的热情却忽略了。你们能欣赏我文字的朴实，照例那背后隐伏的悲痛也忽略了。”在品读文章的时候，我们需要从平实的文字之中意会作者所表达出的对于生命的思考。《边城》中田园牧歌式的乡村是美，美之下的是悲，悲与美交织融合，使得文章的悲美意蕴升华，谱出了关于人性、感情、宿命的生命交响曲。

鲁迅的亲子观

时家家

20世纪上半叶，中国正处于内忧外患、水深火热之中。无数有志之士用自己的文字传播先进的思想，唤醒麻木的群众。鲁迅就是其中之一，甚至他留下的许多文章在今天看来依然超脱常人。鲁迅之所以如此坚定而理智地反封建，很大程度上是因为他亲身感受到中国社会被封建制度和观念压迫着，因此他自觉地进行着反思和反抗。在鲁迅的文章中有许多批判和思考，而他这么做的原因又正是因为他心中怀着大爱和强烈的责任感。也许他的有些文字和语言在当时的人看来过于尖锐，在当代的人看来又过于晦涩，但隐藏在这些背后的，是鲁迅“运交华盖欲何求，未敢翻身已碰头”的无奈，是“寄意寒星荃不察，我以我血荐轩辕”的决心，是“横眉冷对千夫指，俯首甘为孺子牛”的赤诚。鲁迅对于社会的反思和批判深入社会和国家的方方面面，而对于家庭和亲子关系，鲁迅也给出了值得后人深思的答案。

我想一个作者在写作过程中是很难做到完全理性而不掺杂任何自己心中的痛苦和执念的。在鲁迅的那篇《我们现在怎样做父亲》中，他大胆而合理地推翻了传统的亲子观，重新阐释自己心中父母与子女的关系；同时也在自己孩子的成长中去践行了文中的观念，给予孩子尊重和自由，让孩子不被封建孝道束缚。这个后面再细说。

但若是追溯鲁迅与父母的关系，不难发现鲁迅本身就是封建孝道的受害者。鲁迅的父亲叫周伯宜，母亲叫鲁瑞。周伯宜因鲁迅祖父科场舞弊案被革去秀才身份后常常借酒浇愁，而后患上肺结核，又被庸医耽误，最后不幸去世。周伯宜对鲁迅的学习要求十分严苛，在《五猖会》中就提到父亲也许是出于展示封建权威的目的，不顾孩子激动的心情，强迫他背《鉴略》。然而鲁迅也一直遵守着封建孝道，在《父亲的病》中，出于对长辈的遵从，听任庸医的安排。而母亲鲁瑞是思想较为开明的慈母，她乐于学习接受新思想，但还是难以摆脱封建观念的束缚。也正是因为孝道，在母亲鲁瑞私自为儿子决定婚事后，鲁迅只能选择顺从。因此，对于封建孝道的厌恶和恐惧一直深深地盘旋在鲁迅的心头，在《二十四孝图》中，鲁迅就表达了自己深刻的担忧："然而我已经不但自己不敢再想做孝子，并且怕我父亲去做孝子了"，"祖母又老了，倘使我的父亲竟学了郭巨，那么，该埋的不正是我么？"实际上，在孝道中被献祭的又何止是鲁迅一人。当然鲁迅也对此进行过反抗，对于母亲强加给他的婚事，他不愿接受，于是他只是让朱安与自己的母亲住在一起，并且供养她们。最终他也找到了自己的爱情并与许广平结了婚。

对于封建孝道，鲁迅进行了深刻的反思。在《我们现在怎样做父亲》中，鲁迅首先就提出了一个十分异端的观点：父母与子女之间是没有恩的。在中国传统观念中，父母对子女当然是有恩的，而且是天大的恩。除了给予生命的恩，还有养育之恩。在鲁迅的观点里，生物的天性驱使我们做三件事：保存生命，延续生命，发展生命。而人们如何保存自己的生命？靠的是食欲，可没有人会觉得自己吃饭对自己有恩。那人们如何保存后代的生命？靠的是性欲。既然吃饭对自己算不得什么恩，那么通过性交生孩子对于后代自然也算不得什么恩。再者，恩是讲大小、求回报的，否则就不会有救命之恩和举手之劳的区别了。如果父母对子女有恩，那么富有的父母给孩子几千万财富，和贫穷的父母给孩子一碗粥这个恩是一样的吗？如果是恩，那自然是不一样的，可是在很多人心里又是一样的了，因为这其实不是恩，是爱。不论是千万财富还是一碗粥，父母的爱是平等的。因此，父母与子女之间没有恩，而是爱。接着鲁迅提出长者的生命轻于幼者的生命，也就是反对中国传统的长者本位，支持幼者本位的观念。在幼者本位中，长者应该为幼者去牺牲和付出。

而我们如何延续生命？鲁迅提出，延续生命的根基就是爱己。“只要在医院做事，便能时时看见先天梅毒性病儿的惨状；而且傲然的送来的，又大抵是他的父母。但可怕的遗传，并不只是梅毒；另外许多精神上体质上的缺点，也可以传之子孙。”一个人不爱自己，行为不检，沾染上了什么病，那么后代也会受到影响，这也不能算是爱后代了。因此，延续生命的根基就是爱己。这使我想起我有个亲戚，年轻时便十分不检点，他的妻子生下个女儿天生有些畸形，他便将女儿以两万块钱卖了买了一辆摩托车。那时我还很小，那表妹被卖时母亲带我远远地看了一眼，还在襁褓里睡着，也看不出太明显的畸形。由此可见，连自己都不爱的人又怎么可能会爱后代呢。

给了后代健康的身体，达到了延续生命的目的，接下来要做的就是发展这生命。如同雄鹰教会孩子飞翔，如同猛虎教给孩子捕猎。人类也有让孩子更进一层的天性。因此觉醒的人应该扩张这天性而非抑制它。而如何使后代发展，要做的就是理解、指导和解放。理解孩子的世界与成人世界的不同，指导孩子拥有耐劳的体力和高尚的精神，最后是解放他们，使他们成为自立、独立的人。可是社会上仍然有许多父母极力地想要控制孩子。因为他们担忧解放孩子后，亲子之间就要疏离了。事实上，中国古代从官府到民间推行孝道几千年，把孝道做到极致的人寥寥无几，无非使坏人增长些虚伪的美名，好人多受些无端的苦难。这样的例子历史上有很多，比如李贺因为避父亲的名讳而不能参加科考，埋没了才能。由此可见，对封建孝道的遵从很有可能阻碍后代的发展。而一些父母所担心的不讲恩情、不讲孝道，拿什么来维系亲子之间的关系？那就是爱，倘若连爱——这世间最伟大的情感——尚且不能维系，那所谓的什么“恩威，名分，天经，地义”更是维系不住。因此，许多父母的担忧完全没有必要。我常常想，是否是因为家里没有“传宗接代”的儿子，只有“外嫁”的女儿，我的父母才会需要时时担忧我是否会给他们养老，而不是把他们丢进养老院自生自灭？

最后鲁迅提到，虽然生物的天性是延续生命，也并不意味着“不孝有三无后为大”，也不意味着三妻四妾是合理的。人类因为无后，绝了将来的生命，虽然不幸，但若用不正当的手段苟延生命而害及人群，便该比一人无后更加不幸。联想到江苏丰县被铁链锁住生下八个孩子的女子，越发觉得封建观念其实是在助长人性中的恶，而且这恶是鲁迅难以用文字来唤醒的。人类与动物的区别正是人类不会放任自己的天性（或者说兽性），鲁迅反对封建旧道德和封建观念，也正是希望唤醒麻木的、丑陋的人性。

写下这篇文章十年后，鲁迅拥有了自己的孩子周海婴（我认为所有人在做父母前都应该写一篇《我们现在如何做父母》），鲁迅对自己孩子的成长教育，可以说是完全按照他这篇文章中的观点去践行的。周海婴的意思是上海的婴儿，他说："如果他长大不喜欢这个名字，可以改。"这不禁让我想起了我小时候因为名字而受到取笑，但无论我如何请求，父母都不愿意替我改名，也并不在意孩子受到取笑时的心情。同时，鲁迅也十分尊重和信任周海婴，萧红在《回忆鲁迅先生》中也提到过，一次吃饭，饭桌上有一碗鱼丸，只有海婴指出这鱼丸不新鲜。别的大人都不在意，只有鲁迅相信了他，尝了他碗中的鱼丸，最后证实果然不新鲜。可以看出，鲁迅是真正把周海婴当作独立的、平等的个体来对待。近些年来，社会上"熊孩子"事件频发，而在这些事件背后的，就是"熊家长"。对于这些事件，很多人就会引用鲁迅的话："小时候不把他当人，长大了便也做不成人。"百年前的伟人的观念直到现在都一直在指导着我们。

如今社会也常常探讨原生家庭对个人成长的影响。毫无疑问，鲁迅生活在封建孝道的压抑下，可面对自己的困境，他勇于反抗也乐于反思，同时他也有改良社会的强烈的责任感。他把这种责任感带到了社会，带到了国家。对于前代，他用智慧和理性深入地分析；对于同龄人，他用犀利的文字有力地唤醒；对于后代，他用赤诚的爱意温柔地引导。尚未觉醒的父母在一百年后的今天依然有很多，造成的后果便是给子女带来深深的苦痛。所有做父母的人或者未来想要做父母的人都应该看看这篇《我们现在怎样做父亲》。

《徐九经升官记》的喜剧艺术成就

王新萍

亚里士多德说："喜剧模仿低劣的人；这些人不是无恶不作的歹徒——滑稽只是丑陋的一种表现。滑稽的事物，或包含谬误，或其貌不扬，但不会给人造成痛苦或造成伤害。"亚里士多德的看法中有一个很重要的地方那就是滑稽，喜剧的主人公是滑稽的，给人的感觉是可笑的。笑是人们看喜剧最直接的表现，现在的小品也算是一定意义上的喜剧，但是随着时间的推移，这些所谓的"喜剧"越来越不好笑，观众的反应是面无表情地看完整部剧。究其原因，就是现在的小品要表达的东西太多，既想有喜剧的效果，又想对观众达到教化，最终的结果就是平衡不好，小品变成了说教，索然无味，适得其反。反观以前的喜剧，就是纯粹地让观众发笑，不管是开怀大笑还是会心一笑，都不会给人带来痛苦和伤害。滑稽总是包含着谬误，会给人以丑陋和卑下之感，正如鲁迅先生所说，"喜剧将那无价值的撕破给人看"，这样喜剧就不会给人沉重感和严肃感，它是轻松诙谐的。

关于《徐九经升官记》的喜剧艺术成就，我觉得可以从以下几个方面来讲，分别是：这部喜剧中的人物形象设置、情节设置以及主题表达。

首先是人物形象的设置。这部喜剧最鲜明的特点就是没有局限于传统戏曲艺术惯用的角色限制。这部戏剧的主角是一个丑角，但是通常一个正面的主角人物不会采用丑角，而是采用生角等。用丑角来饰演清官在以前是很不常见的，在丑角的行当中，以念和做为特长，多为插科打诨，没有成套的板式腔体，用丑角饰演英雄清官类的角色可能会对角色的威严性有所消解。但是主角徐九经本来就是样貌丑陋、有高低肩还驼背，也是因为他丑陋的外表他才会被安国侯欺压嘲笑，在一个小县城里当个芝麻官。如果这样一个角色由一板一眼的生角来饰演的话就显现不出这部剧的幽默元素。而且这部剧为徐九经设计的语言和动作等由丑角饰演能够将喜剧的效果最大化。徐九经的饰演者朱世慧就完美地抓住了这位受气官的精髓，说话时颤抖的嘴角，丰富的面部表情，面对权贵时的畏畏缩缩，喝醉酒后的趾高气扬，让人捧腹大笑，最后回到小县城卖酒时的洒脱和自由，让观众会心一笑。人物丰富的内心世界都被朱世慧先生表现得淋漓尽致。

可以说无论是打破传统选用丑角，还是在演员的挑选上以及演员自身对角色的揣摩，都让这部剧的喜剧美感和喜剧精神都得到了最大程度的发挥。

其次是情节的安排。《徐九经升官记》讲述的是一个怀才不遇的小官无意中被卷入权贵争锋中，然后左右为难，最终坚持正义成全有情人，然后回到最初的小城卖酒的故事。整个故事从头到尾都没有特别悲伤的场面，始终给人一种轻松幽默的感觉。其实看这件事情本身，是带有一定的悲剧色彩的。考试的状元竟然因为相貌被贬居在小县城里，好不容易能够升官出人头地，却也只是被权贵们利用而已。在审案过程中还要受到各种威胁，甚至被赐鹤顶红。一番周折以后他的生活也没有实质性的变化，还是只能回到小城里卖酒为生。但是这种悲剧色彩在丑角的演绎下被冲淡了，没有给观众造成痛苦。在徐九经醉审之后，那些权贵谁也没有赢得一点好处，最后一哄而散，尤金甚至为了钱承认婚书是伪造的，只有刘钰还愿意花高价替倩娘安葬。权贵们在这一瞬间丑态百出，观众就会讥笑他们，这是一种讽刺，是一种嘲笑。针对他们的讽刺，是对人性的虚伪狡诈、自以为是等的鞭挞。对一切反面消极的事物，这种笑是很有必要的。中国古人有“嬉笑之怒，甚于裂眦”，这就是在讲讽刺的力量。伪君子越是丑态百出，就越能突显出主角的智慧，这是一种对比，也是一种讽刺的幽默。同时作为一部喜剧，它的结局相对来说也是好的：李倩娘和刘钰在徐九经的帮助之下顺利地在一起了，徐九经也无愧于自己的内心，认清了官场的黑暗和皇家贵族的腐朽，两手一挥，两袖清风，拂衣而去，在小县城里乐悠悠地当起了卖酒翁，与歪脖树为伴。其实这虽然不是他当初期待的结局，但是对他来说也是一个比较完美的结局。认清了官场，决心不再同流合污，还是回归自然方能畅快人生。

最后是这部喜剧所要表达的主题思想。这部剧是围绕着主角的做官生涯展开的，以做官为主线，写其间发生的许多故事。在当时，士人的最大愿望就是做官，然后一展宏图，可是状元徐九经却只能困在小城中，整日饮酒度日。好不容易当官了，他又面临着一个问题：做个良心官还是昧心官？他经历着良心和私心的激烈斗争，在受到两方的威逼利诱时他左右摇摆不定，但是当他得知真相，在强烈的思想斗争下，他还是决定坚持正义，与权贵巧妙周旋。如果说诸多“清官戏”中的铁面无私“清官”只不过是古代社会饱受压迫的人们心中的幻想，徐九经这样一个经过内心艰难挣扎之后而选择“做一个良心官”的“官”，才是与百姓同食人间烟火的真实的“好官”。“我若是顺从了王爷做一个昧心官，阴曹地府躲不过阎王和判官；我若是成全了倩娘做一个良心官，怕的是刚做了大官我又要罢官！我是升官是罢官、做清官还是做赃官？做一个良心官，做一个昧心官，升官、罢官、大官、小官、清官、赃官、好官、坏官……我劝世人莫做官、莫做官！”这正是一个平凡人的内心斗争，也是一个正义的官对黑暗官场的控诉和失望。这种强烈的情感表达也使得整部戏的主题清晰可见，它传达给观众的是一种正确的价值观，老百姓看了会拍手叫好，满足了世人对好官的期盼。同时在欢笑之后能给人们带来反思，由此人们的情操得到陶冶，人也能一天天地变得理智和聪明，这才是喜剧的精神和灵魂。

总之，《徐九经升官记》这部喜剧在继承中有创新，在欢笑中有反思，有赞扬有批判，达到了很高的喜剧艺术成就，所以它的魅力经久不衰。

《我的姐姐》影评

——两代女性的选择与挣扎

秦睿涵

从这部电影上映以来，我就对它抱有极大的兴趣。从名字和题材上看，在性别差异、性别平等和女权意识苏醒等问题不断被讨论的今天，这部电影从一开始就抓住了基础的女性群体，电影的主要编剧和导演都是女性，可以说是自己在讲自己的故事。影片围绕失去父母的姐姐在面对追求个人独立的生活还是抚养弟弟的问题上，展开了一段细腻感人的亲情故事，令我感受颇深。

这是一个“姐姐”的故事。影片的最开始，女主人公安然的父母出了车祸。她作为大女儿赶到事故现场处理后事，但是警察却对她的身份产生怀疑。她父母的遗物和家庭合照中并没有她的痕迹。始终出现的只有一个小男孩，这也是电影的小男主，她的“弟弟”。按中国人的血缘亲情来说，已经成年的姐姐应该担当起“妈妈”的角色。但是对于姐姐来说，弟弟是父母上大学以后才出生的，她基本上没见过几次自己的小弟弟。她已经决定要考北京的研究生，决心逃离她从小生活的地方。整部电影的氛围是阴郁的、悲伤的。电影的背景是在四川的成都，演员用了四川方言去演绎这部电影，增添了电影小市民烟火气的氛围感。父母遇车祸时、姐姐与指责她没良心的亲戚们争吵时、把弟弟送给其他家庭领养时、和多年男友因为对未来的分歧分手时，天上都在下着瓢泼大雨。电影一直是蓝色的冷色调，与四川阴冷多雨的地理气候一起，烘托了电影中的悲伤与挣扎。

姐姐安然在电影中作出放弃领养弟弟的决定的原因，展现了她无法平复的生活苦难。她死去的父母为了生二胎，伪造大女儿双腿残疾，安然从小都不能像正常小孩一样开朗地生活。唯一的印象中，自己穿了漂亮的裙子，爸爸看到以后异常地愤怒，不停地骂她打她，怨她为什么不假装残疾。高考时她明明可以考上自己梦寐以求的临床医学，结果却被偷偷改了护理专业。小时候在姑姑家借居，被表哥当沙包出气，还发现姑父偷看自己洗澡。就连想要追求自己的考研梦，也要被亲戚们劝早点嫁人。在和弟弟短暂的相处中，弟弟记得的是妈妈做的喷香的肉包子和爸爸做的红烧肉，而姐姐只学过“竹笋炒肉”。在电影中刻画的情节，是很多女性在长大过程中深刻感受过的。几百年来男权社会导致的性别刻板印象和重男轻女，实实在在地伤害了一代又一代女性。作为观众，姐姐“无情”的做法，我十分理解和支持，也代表了新一代女性思想的觉醒，和片子中另一个典型人物姑姑的选择形成了对比。

电影的高潮是在姐姐和弟弟相处并互相依赖了一段时间后，姐姐接受了弟弟，弟弟也理解了姐姐。弟弟学会了照顾姐姐，为了姐姐的将来，他主动提出自己愿意和领养家庭走。本来不同意的姑姑也支持了姐姐的选择，姐姐却在感情和理性纠结中犹豫了。又是大雨天，姐姐一个人骑着车穿梭在成都的小巷里，周围高高的古建筑衬托着姐姐孤独的背影。姐姐找到了姑姑，作为他们的监护人，姑姑终于放下执念并签了放弃养育的协议。姑姑也是家里的大女儿，在年轻时考上了很好的语言大学学习俄语，弟弟同时考上了卫校。她被剥夺了上大学的权利，把学习的机会让给了弟弟。她在自己努力学习后，准备和朋友在俄罗斯做些小商品贸易，却因为弟弟家生了孩子无人照顾，被父母一通电话叫回帮忙带孩子。姑姑这一生的生活好像一直围绕着弟弟和家庭，她的女儿儿子没有工作，老公病重瘫痪在床上，她一个人开了家小超市，维系着一家人的生计。在支持安然的选择后，她摸着曾经从俄罗斯带回来的套娃，用俄语说出了“你好”“谢谢”“再见”。这一幕场景仿佛是两代女性的意识重合，这不仅是对过去的释怀，也是一种新的开始。她以为无法改变的命运，被一句“你是姐姐”捆绑的一生，在安然身上看到了另外一种可能性。

在我的视角来说，这部电影的尾声好像又走向了烂俗的合家欢结局。电影前期不断地铺垫姐姐的独立，她不像姑妈一样被传统思想束缚。她勇敢地改变命运，不放弃自己的梦想，相信自己的命运在自己手上。她是个不跟现实妥协、靠自己改变现实，说出“你能依靠的只有你自己”的女性，却在电影的末尾与死去的父母和解。在最后签领养协议的时候，她没有下笔，带着弟弟从生活富裕的领养人的别墅里出来跑向路的尽头。这部电影从这里开始，好像又回到了与现实妥协的无法改变的结局。虽然好结局不一定是放弃弟弟，卖掉自己的房子去北京开启新的人生，但也不应该是这样无力的结尾。电影提出了问题，但没有找到合理的答案，把这个问题抛给了观众。我希望无论是男性还是女性，看完这部电影都能有自己的思考，思考现代男性女性的生存与未来，思考中国式家庭的改变。

辑五

传奇

青山遮不住，
毕竟东流去。

希希的冒险

寇楠楠

希希气冲冲地坐在衣柜里。

奶奶刚才又做了难吃的饭，大白菜炒肥肉，煮得稠稠的八宝粥。希希一看到就不想吃了，转身冲进卧室把门关上，又觉得不够解气，因为这个房间是她和奶奶一起住的，房间里到处都是奶奶的东西。她爬进衣柜里，费力地从里面把衣柜门关起来，只留下细细的一道光。希希不喜欢吃大肥肉，不喜欢吃稠稠的粥，她想要吃妈妈做的番茄炒蛋，但是妈妈把她丢在奶奶家去城里了。一想到这些，希希就忍不住地掉金豆豆。她一边抽泣，一边拿奶奶的衣服擦眼泪和鼻涕。

“希希，希希你在哪里呢？奶奶带你出去买酸奶喝。”希希听到客厅里奶奶的声音，捂住了自己的嘴巴。她不想让奶奶找到她。她想离开这里，去找妈妈！但是奶奶已经打开卧室门，声音也越来越近了。希希把手扶在衣柜的墙面上来保持平衡，突然墙面凹下去，大放光芒，希希向前一扑，她整个人趴在了地上。

希希这一摔却并不痛，身下的感觉非常柔软，硬要形容的话就像是趴在盛夏的草地上。阳光也和盛夏一样耀眼呀。希希从地上坐起来，揉揉眼睛想看清自己正坐在哪。当她把眼泪擦到能看清东西时，她吓呆了。

她正坐在一大团白云上，往下看是一片翠绿的大地与蜿蜒的河流，身边是一朵朵雪白的云彩。希希怕极了，她从来没有一个人来到这么远的地方，她被吓得哇哇大哭。

不知道哭了多久，反正星星都上班了，星星们听到了希希的哭声，它们聚集在希希身边，好奇地一闪一闪。

“这里在举行一场宴会吗？我远远地就看到有很多星星在闪烁。”一只天鹅飞过来，大声地问着。

希希看到它过来，终于停止了自己的哭泣。也是因为她可能已经哭累了。

天鹅先生也看到了希希，它很疑惑地说：“原来没有宴会，只是一个人类小孩跑到了天上。我看我还是回去睡觉吧！”说完它就转头准备飞走了。希希叫住它：“天鹅先生，你可以帮我下去吗？我想去找我的妈妈。”“你妈妈也住在天上吗？我听说你们有一种交通工具叫飞鸡，你可以坐飞鸡去找你妈妈。我可没空帮一个人类去找妈妈。”天鹅先生摆摆翅膀，大概就等于我们人类摇摇头。希希的眼泪又开始大颗大颗地掉下来：“可是，可是我不，我不知道，知道飞鸡在哪里，呜呜呜，而且我也没有，没有钱，我只是想，想吃妈妈的饭，呜呜呜。”

天鹅先生本来已经离开云层了，听到希希的哭喊它却又回过头来：“你妈妈做饭好吃吗？我很久没吃妈妈做的饭了。如果我帮你找到你妈妈，可以让她帮我做一次饭吗？”

希希坐在天鹅先生的后背上，她的手轻轻地揽住天鹅先生的脖子，他们正在向着镇子飞去。她回头看去，星星闪动着像是在给她加油打气，晚风拂过她的头发轻声和她说别害怕。希希今天第一次开心地笑了，她给天鹅先生分享妈妈做的好吃的饭，给它讲自己的妈妈是多么温柔，睡前会给她讲公主的故事。

他们降落在一片池塘旁边，天鹅先生说：“我就把你送到这里了，一会儿我的一个老朋友会过来接你的。你的妈妈真是世界上最好的妈妈，你一定会找到她的！”希希响亮地嗯了一声，然后挥挥手和天鹅先生告别。希希吃了点天鹅先生摘来的野苹果，就迷迷糊糊地睡着了，她今天实在是太累了。当天色朦朦胧胧发出亮光时，希希感到身边有什么在扑扇翅膀，她背过身去想继续睡觉。但是那“人”非常执着地绕过来对着希希的耳朵喊：“起床了，咯咯哒！”希希像是听到了奶奶每天早上叫她起来去上幼儿园的声音，她嘟嘟哝哝：“奶奶，让我再睡一会儿吧！”“谁是你奶奶，人家可年轻了。你就是天鹅说的那个希希吧。”

希希这时候才清醒过来，她终于记起来她昨天睡在池塘旁边的草地上，她现在也并不是要去上幼儿园，而是要去找妈妈；身边的也自然不是奶奶，而是天鹅先生的老朋友。希希一骨碌站起来，向四周看去，却只在自己的脚下发现了一只秀气的小母鸡。希希很担心小母鸡的本领：“是的，我叫希希。你是一只小母鸡吗？你这么小，我骑着你去城市会把你压坏吧。”“我怎么可能驮着你去城里？咯咯哒！你看着聪明，怎么傻傻的。你跟我来。”

太阳还没有起床，希希跟着小母鸡走回它家——后院的一个鸡圈。“总之，趁主人没有起床，我在你头上孵一会儿你就会变成一个可爱的鸡蛋，然后主人会把你捡走，拉去城里卖掉。等进了城你就去找你妈妈好了。嗯，多么完美的计划。”

小母鸡陶醉在自己尽善尽美的计划里，希希还是有点担心，她没有变成鸡蛋的经验，小母鸡拍着胸脯保证“在蛋壳里时是她人生最安稳最轻松的时刻”。

小母鸡安稳地坐在希希的脑袋上，“这种时候我通常会和我即将出生的小鸡仔聊聊天，问问它们是什么颜色的、喜欢什么样的鸡窝。你妈妈为什么把你丢下了？我可不愿意把我的小鸡仔留在家里，它们都是我的小宝贝。”小母鸡扭扭身子，随口聊道。

“妈妈说要去城里打工，给我挣学费。可是我不想上学，只想要妈妈陪在我身边，永远和我在一起。”希希声音有点低沉，“她没把我丢下，她……”希希还想继续说，可是她的眼睛已经闭上了，她睡着了。

小母鸡满意地点点头，然后把已经变成一枚鸡蛋的希希轻轻地推回鸡窝。

太阳终于升起来，第一缕晨曦透过天空，人海，森林，温柔地闪耀在这个小鸡窝上，抚慰着这个变成鸡蛋的聪明、勇敢的小姑娘。

小母鸡的主人也起来了，他把新产的鸡蛋捡到篮子里，准备打包卖给城里的工厂。小货车载着希希一路开到了城里，不过，嘘，希希还在睡呢，就像是小母鸡说的，这是她睡得最安稳、最香甜的一觉。

希希和其他鸡蛋被卸下来放到工厂的仓库里，她终于睡醒了。希希伸了一个大大的懒腰，一不小心把蛋壳戳破了。她摸一摸自己，又轻轻地摸了摸蛋壳，原来在鸡蛋里面是这种感觉啊。

她从戳破的地方探头出去观察，旁边好像没有人。她悄悄地跑出仓库，向着妈妈的宿舍跑去。不过小母鸡似乎忘记提醒希希，从鸡蛋里出来会保持在鸡蛋里小小的样子。希希用她的小短腿努力地跑啊跑啊，跑啊跑啊，但还是离妈妈的宿舍特别远。她好像看到了妈妈的身影，希希跑得更努力了，她大喊着：“妈妈！我在这里！”远处的妈妈好像听到了希希的呼唤一样，好奇地看过来……

“希希，希希，怎么在衣柜里睡着了呢，闷不闷呀？妈妈打电话过来了，正在问你呢，快醒醒。”希希揉揉眼睛，迷迷瞪瞪地醒过来，刚才还在追什么呢，在追什么呢？

“希希，你才睡醒呀，小懒猪，有没有听奶奶的话，有没有想妈妈呢？妈妈一直在想着希希，很快妈妈就回家了，等我回去给你做好吃的……”

“妈妈，我想你了，刚才我在梦里还看到你了，你赶快回家吧！我和奶奶都在家等你呢。”

天上的星星什么都听到了，它们一闪一闪，就像是在安慰希希。

西北孤忠

尚　雪

唐大中四年（850）岁末，长安迎来了西北的故人。

白长安开远门，西去安西九千九百里。

此时的开远门，金吾卫护送着六人到了门外。杨归安走在高进达身后，原本金吾卫是要让他们乘轿到大明宫的，他们谢绝了。

杨归安抬头望去，就那么怔怔地望着门上“开远门”三个大字。他刚刚经过了开远门外的振旅亭，父亲说，那是为等待西征的战士归来而建的。

想来当年祖父踏过荒漠戈壁来到长安，也是站在这里看着长安城。

“望平？望平！”

“嗯？”杨归安这才感觉到脸上的湿意，胡乱抹了把脸。

高进达拍拍他的肩膀：“你这小子，倒是哭得痛快，我们如今回来了，该高兴才是。”

杨归安咧着嘴笑了起来，是啊，是好事。他扫了眼其他四个人，神色各异，却都是眼中含着泪，就他呆愣愣地哭得不成样子。都说男儿有泪不轻弹，他倒有些羞赧起来。

旁边出入城门的百姓悄悄打量他们几个，看他们又哭又笑的，投来奇怪又好奇的眼神。他们不知道，这六人身上带着西北的消息。

时隔六十四年，中原的唐人从未想过，他们再次等来了西北的消息。

他走在坊间，虽已是隆冬，长安城中却还是热闹的，人声鼎沸，不绝于耳。

这是他此生第一次来到长安，这里是无数远在西北的唐人的梦。这里与祖父口中的长安有些不同，祖父口中的长安是世人口口相传的那个长安。那里不同于沙州，上元夜时万人空巷，有文人挥毫，侠客持剑，仿佛一切美好的词语都能堆积在长安这座城上。同样是明月当空、天星倒悬的景色，沙州却显得黯淡无光，只因他出生时敦煌安西早已陷落，唐人都沦为了奴隶，那样的夜色又怎么会美好？若不是张将军带着他们奋起反抗，他怕是穷尽一生都到不了长安了。

“望平，我们里面属你记性最好，嘴最利索，你可好好看看，等回了沙州，就讲给大家听。”高进达拍拍他的肩。

他只是点点头，眼睛却还黏在长安城各色的东西上。他仔细打量着街道上的人、街道旁的墙，甚至于地上的一块砖。

——

他们经由宣政殿东上阁门，入紫宸殿。

殿中群僚毕至，百官云集。杨归安能感觉到所有人都热忱地望着他们，

“沙州押牙高进达，参见陛下！”

杨归安跟在高进达身后，六人再拜稽首。他跪在地上，身体都激动到微微颤抖，他听到高进达的声音：“沙州光复！”

那声音仿佛用尽了高进达全身的力气，这四字响彻整个紫宸殿。殿中寂静无声，又突然爆发出各种欢呼庆贺的声音。

紫宸殿充斥着嘈杂的声音，按理说这是不合规矩的，皇帝

李忱却并未即刻制止，虽然他早已接到天德军防御使李丕的奏报，这一刻却仍是无比激动。

“好，好！好！”皇帝连说了几个“好”字。

六人起身，高进达开始向皇帝陈述他们前往长安的过程。大中二年（848）初夏，他们一行十人从沙州出发，然而此时的沙州宛若孤岛，四面皆是敌人，东去长安的路被阻隔。他们只能向东北绕路，穿越了整片沙漠，这一走便是两年，他们折损了三人，直至七月二十日，他们才抵达了天德军的驻地，谁知经灵州南下时，却遭到党项的劫掠，一行人悉数被擒，若非李丕暗中派人四处打探，派人救援，他们怕是到不了长安了。在这场劫掠中，又有一人罹难。终于在这年年末，剩余六人抵达了长安。

杨归安静静地听着高进达的陈述，却瞧见高进达站立的地面似是湿了一小块。四周不时传来朝臣们的叹息声。

听闻他们一路的遭遇，皇帝不禁叹道：“昔日的河西走廊，如今未通音讯，已有六十四年了啊。”

高进达恭敬地将张议潮亲笔书写的那封信奉上，皇帝看完，慨叹不已。

“关西出将，其虚也哉！”

——

杨归安走出大明宫，在丹凤门前回望西北。离开敦煌已有两年了，幸而不辱使命，他们成功了。

晚间，六人同过往两年一样，聚在一起闲谈。不同的是，以往都是坐在沙地上、火堆旁，规划前行路线，担忧遇到敌军，而今他们终于在长安城内了。

杨归安尝了一口酒，他在沙州喝得最多的是烧刀子，味道烈得如同火焰，这里的酒是西凤酒，味道醇绵悠长。

高进达叩了叩桌子，众人立刻看向高进达，等着他说话。

“如今我们的使命已经完成，皇上的意思是让我们久留，你们觉得呢？”

几人陷入沉默，无人应答。

杨归安开口打破了沉默，说道：“我觉得，尽快回去为好，千里之外，我们还有更重要的使命。”

“可我们才到长安，这么快就回去？”另外一人问道，见其他人望向自己，杨归安连忙摆摆手，“我可不是说不回去了啊！我肯定听押牙的！只是……我不想这么快就离开这里，我盼长安盼了三十多年了，战场上刀枪无眼，我怕这辈子也就能来长安这么一次了。”

几人又把问题抛回给高进达，高进达拿起桌上的酒盅一饮而尽，掷地有声地说道：“不可久留，回沙州！”

无人异议。

——

六人商讨完毕，杨归安正要回自己的房间休息，便感觉肩上一重。这两年多来，他不知道被高进达拍了多少次肩膀了，已经熟悉了高进达拍人的力道。

他回头看向高进达。高进达爽朗地笑了笑：“没想到你年纪最小，倒比其他人还坚定。我见过许多跟你年纪差不多的人，很多都好像已经忘了大唐，身上的奴性已经消不掉了。”

杨归安摇了摇头，说道：“虽然我出生时，西北六郡已经沦陷，却是心系大唐的。更遑论我祖辈皆是守着沙州的，如今沙州光复，杨家人心中都无比激动。六十年不足以磨灭所有西北唐人的心志，便是百年也不行。即使从未真正见过大唐的模样，心中却还是会记挂着大唐，这种感觉我们都有，不是吗？”

“是了，我都快忘了，你是杨休明的后人。”

“并不仅仅是因为祖辈的关系。我这辈子最大的愿望就是收复西北，所以当初张议潮将军散尽家财，密谋起事归唐，我才会毫不犹豫地跟随。”杨归安认真地说道。

“所以他们说你胆识过人，你才及弱冠，便跟着将军了。”

“将军已四十九高龄了，春夏之交起事，我们领命向长安报捷时也不过初夏罢了，那才是真正无人可比。我没有这样的才能，但会坚定追随将军，总有一天，我们能带着整个西北回到大唐！”

“行！有志气！”高进达颇为欣赏地又拍了拍他的肩膀。

这一下拍得极重，痛得他龇牙咧嘴的。

——

翌日辰时，杨归安将笔放回笔架上，垂眸看着纸上的文字。

肩上一重，他无奈回头：“就知道是您。”

高进达又是重重一拍，探头看他写的东西。粗粗扫了一遍，咋舌道：“这才什么时候，你就起来作文了。”

“昨日夜里难以入眠，与其干躺着，不如作文。”杨归安起身又看了一眼那篇文，上面写着：

“盖闻天数无常，如天蕴雷霆，地蛰龙蛇，其发于微末，起于浮萍，盘桓待时，以挽天倾。是故有非常之时，而后有非常之事，再生非常之人，立非常之业，传之万代，永为世鉴！此所以英雄之显于凡俗者也。

“兹去千载，安史为乱。始患于幽燕，延祸于河湟，至九州尽陷，万民哭嚎，泪溢江河，怨冲云霄。河西陇右，本诸夏之故土，我辈儿郎，岂弃大唐之社稷。长安路远，家宅门近，得一人之袒臂，鼓西北之众勇，重举义兵，起之敦煌，复挽横流，战之张掖，犁庭扫穴，荡之酒泉，昭雪国愤。将克姑臧，彰卫霍之勇，立班固之功，知河湟忠魂，传归义芳名。

“壮哉！勇哉！丈夫立世，安邦定国，大拯士庶，克复国祚。人生如此，夫复何求？”

他的文笔并不算太好，幼年时基本都是在干活，现在的这点墨水也都是这些年跟着张议潮和高进达慢慢学的。

“我已经回禀了皇上，我们不出十日就启程了。”高进达一边看着他写的文一边说道。

——

走出开远门时，他们仍然是六个人，只是之前带着期冀与激动，如今带着不舍和壮志。

杨归安的归途并不平安，在天德军驻扎的地方还算顺遂，然而进入闲田附近没多久，他们被一队敌军发现了。

杨归安提刀刺向一个敌人，又挥刀挡住另一个敌人的刀。这把唐刀还是皇上赐予的，不承想这么快就染上了血。

他狠狠地盯着敌军仅剩的两人，声音嘶哑地用吐蕃语朝他们大吼。那两个人立刻掉头逃跑了。他们没有继续追。

他们一路且战且退，如今只余四人了。杨归安能明显感觉到自己的生命在消逝，他先前被敌军砍了几刀，能坚持到现在已是不易。他的视野也逐渐模糊，只能勉强撑着唐刀支撑着身体。

“望平！望平！该死，闲田这里为什么会有吐蕃的军队。”高进达有些恐慌的声音传入他的耳中。

“押牙……”杨归安很少用高进达的职位来称呼他，“这里会有吐蕃军，怕是将军……咳！把他们逼过来的，将军少说也是攻下甘、肃两州了……”

“是了……你少说几句！”高进达不忍地看着杨归安，他也清楚，杨归安不行了，带的那些药早就在吐蕃军的追赶下丢弃了。

“我信，凭将军……六郡山河，宛然而旧。到时候，你告诉我一声……”

“好……”高进达默然，起身阖目，“继续前进。不能继续拖下去，那两个敌军恐成大患。”

——

咸通二年（861），凉州收复，六郡山河，宛然而旧。

镜中人

彭心瑞

被他们仔仔细细但不带任何感情地包装时，我还不知道我接下来会被带到哪里，也并不知道未来的我会遇见什么事。我望着这个将我打磨出来的人，他的脸上洋溢着我看不懂的笑容。就这样，我与和我长得差不多的朋友们“分道扬镳”，踏上了未知的旅程。

听说我被安排在了一所著名大学的宿舍楼。他们将我从货车上小心翼翼地抬下来，我想起来之前的那些人也对我们百般呵护，他们说，我们都是非常脆弱的。刺眼的阳光照在我的身子上，我突然看不清他们的脸。带着好奇和紧张的心，没过多久，我就被严严实实地贴到了那面墙上。

是的，我是一面镜子，一面女生宿舍的镜子。别误会，如果我们镜子也有性别之分，那我一定是女孩。什么？你问我现在在哪？就从这栋宿舍楼走进门不到五十米，往右看就能看到我，不，准确地说，是能看到你。

在我来到这里的第一天，我注意到我身旁有个和我一样也被贴在这面墙上的同类，我立刻热情地叫它：“嘿，朋友，你也……”它仿佛是不知道谁在叫它一样，不耐烦地应了句“谁呀”，就不说话了。哼，无聊，我愤愤地想。不过我也是后来才知道，它早已习惯了这里的孤单生活，它在这里其实比我无聊多了。

除了这个名叫“宿舍规章制度”的老家伙之外，那一天这里还聚集着很多人们称之为灰尘的生物，负责宿舍管理的阿姨和叔叔对它们嗤之以鼻，但终究还是一边用手在嘴前上下用力挥着——仿佛这样就能让这些灰尘消失一样，又一边控制不住地咳嗽，但扫帚轻轻地一挥，这些灰尘就抱头鼠窜。我悄悄地在一旁偷笑着，还没等我笑完，小小的灰尘竟缠到我身上来了！我大声叫着——即使没人听得到，这丝小灰尘仿佛对我这块安全区甚为满意：“我就赖在这不走了，嘿嘿……”我无奈，想着这么一点小东西也不妨碍我看外面的世界，于是就任由它黏在我身上了。与那冰冷的规章制度海报不一样的是，它主动找话题问我是什么时候来的，感觉怎么样，我如实回答，好奇地反问它，它让我叫它小灰，“至于感觉怎么样嘛……”它顿了顿，不说话了，我想到刚才它们被叔叔阿姨赶走的样子，识相地聊起了下一个话题。真好，终于收获了一个好朋友，虽然也不知道它还能陪我多久。

后来的那几天，宿舍楼的人就突然变多了。小灰告诉我，应该是新学期开始她们刚回宿舍。我疑惑地问它怎么知道的，它说飞到阿姨门口听到的——它比我幸运的一点是它想去哪就去哪，而我只能待在这面墙上。

提着行李箱的她们路过的时候都会看我一眼，有的眼里闪着光，咧着嘴指着我对身旁的朋友说：“你看，这里多了一面镜子哎。”有的女孩子开心地和朋友们说道：“这镜子也太好了吧！正好我们宿舍没有一面全身镜……”我开心地发出只有小灰听得到的嘻嘻的笑声，而小灰在一旁酸溜溜的——如果它是人类的话，我想它一定是撇着嘴说：“这就让你这么开心了呀?”还没等我反驳，一个戴着差点完全挡住双眼的黑帽子的女孩路过，面无表情地看了我一眼，一瞬间又把视线转移，仿佛不愿看到我似的。我有点难过，她是讨厌我吗？

接下来的日子里，我感到我的到来为这栋宿舍楼增添了一丝说不清楚的生机。也许是平常在这从宿舍门到楼梯的短短的一段路上，永远是一群女孩子，要么低头玩手机，双手还交错按着手机上的什么键；或者认真刷着看不懂的单词，嘴里还念着奇怪的语言；或者看到了什么好玩的东西，嘴角露出自己都未察觉的止不住的笑意；要么和身边的朋友嬉戏打闹，有说有笑。而现在，突然多了这样一类人：她们对着我整理发型，对着我立正看全身，有的还边看着我边转起圈来。她们神态各异，我油然而生一种骄傲和快乐的心情，那是被需要的满足感。

我突然对她们产生一丝好奇，我也想去看看那些我看不到的东西。于是，我默默关注着路过的她们的一切，我这面镜子，明明只能看到她们映照在我身上的样子，经过日复一日的观察，我却仿佛能看到她们各自的人生。这真是奇妙，我想。

又是照常地，每天都有人来看我，虽然我知道她们看的不是我，是她们自己。我有时候在想，我们只能靠外物去观察自己，实在是可怜。她们对着我露出浅浅的微笑，她们明明每个人长得都不一样，但笑起来的样子都是一样的，那么自信那么明媚，像我刚来到这里时第一次见到阳光时的感觉。

有个女孩子悄悄经过我，先是瞟了我一眼，而后停下脚步，对着我立正站好，迅速地整理衣装，服帖之后，我看到她脸上露出满意的笑容，可下一秒她就变得面无表情，装作一脸淡定地转身离开了，原来是后面来了几个女孩子，她不好意思罢了。

伴随着此起彼伏的笑声，三个手挽着手的女孩子来看我了，站在最右边的正是之前那个戴着黑帽子的女孩，她这次没戴那顶黑帽子，我总算能看清她的双眼了，但是是躲闪的。她的朋友们横列在我面前，覆盖住我的视线。那个最高的女孩子指着中间女孩子映照在我身上的位置说道：“这也太漂亮了！”她指着我说出“漂亮”这个词，最初我还会被这些词害羞到支支吾吾，小灰提醒我说她们夸的又不是我之后，我对这些夸赞已经完全免疫了。她们都很漂亮，可是，还有一个人呢？那个黑帽子女孩今天和之前的运动装风格不一样，穿了一条淡黄色长裙，可那感觉就像被迫穿上的，并没有她的朋友们大方自然，我努力地想用余光去看她的表情，那抹淡黄突然就映入了我的眼帘。高个子女孩把她拉到我的正对面，揽着她的肩，笑道：“你瞧，这身明明就很好看嘛，我们的话你还不信……”我看到黑帽子女孩的双眼霎时间有了光，身子也稍稍变得板正，嘴角偷偷勾起一道美丽的弧度。

可这一天，遗憾的是还是没等到那个每天走出宿舍之前都会看我的女孩。她长着一张娃娃脸，齐肩短发将她的脸衬得如一个小太阳。她常常会在我的面前停留很久，悄悄地揉揉肚子上的肉，就像按到了什么开关一样，立刻垂下头，轻轻叹一口气。所以我一直觉得她很奇怪——她好像很不喜欢自己的外貌和身材。拜托，为什么她会因为这些天生的东西讨厌自己？我可羡慕她们了，可以有自己的好朋友们——想到这儿，我仿佛能感受到小灰在一旁朝我投来失望的目光，顿感羞愧，除此之外，她们还有那么丰富多彩的生活……

那一天晚上有一个男孩把她送到了宿舍门口，估计是看到宿舍楼的“男士止步”四个大字“望而却步”。他红着脸挠挠头，我好奇地向那边张望。那个女孩挥挥手，转身踏着轻快的步子，偷着笑，裙摆随风而动。她和从前一样经过我，像是突然想起来什么一样，又回到我面前，看着在我身上映出的她的样子，稍稍整理了一下自己的头发，咧出一个大大的微笑。我不知道那个男孩跟她说了什么好笑的话，但却从心底里为这样的她感到开心，以后遇见的她就不再是那个为自己身上的赘肉垂头丧气、为自己不够精致的脸皱眉叹气的女孩了。

小灰知道这件事后，非说要帮我查明真相，我忙说不用不用，对我来说，这个结果是好的，至于过程，肯定也不会是什么杀伤抢掠，没有什么必要……结果我说的这番话让小灰对这件事更好奇了，它甚至怀疑那个男孩和我们差不多，不是人类界的人，而是什么有着魔法的巫师之类的……

但事实上，嘴上说着不要探听他人隐私，当听小灰叙述它的奇遇时，我还是一动也不动地认真听着，不漏掉任何一个细节。

据说那个女孩在第二天刚出宿舍，就兴高采烈地奔向那个男孩和他打招呼，上了他的那辆小小的只需要人坐着扭把手就能开动的车。他们在路上谈论着学习、游戏，说到这，小灰加快了叙述的速度：“我本来觉得很无聊你知道吗？结果结果……”结果他们到达了目的地——一家奶茶店，那个男孩很熟练地点单：“去冰，七分糖。”而令人想不到的是，这杯是给女孩点的。女孩慢慢喝着奶茶，那个男孩看出了她担忧的目光，亲昵地摸摸她的头：“没事啦，喝自己喜欢的奶茶又不会怎么样，你不要觉得有什么负担……”小灰平静地叙述完，而我的心却汹涌起来：“这是不是他们说的那个‘谈朋友’？对，就是这个。”小灰一定不知道是什么意思，过去的我只从别人那知道，男女之间的感情会被说成“不务正业”，会被人看作是一件影响学业的事，而现在男女之间的感情变得这样令人羡慕，把我感动。这种爱竟能改变一个人，因而从此，当我的余光能看到那个男孩时，我都会暗暗地希望他能和那个女孩永远不分开。

在这里的日子每天都差不多，但那不一样的部分又是罕见且令我记忆深刻的，我看到她们过了门禁时间在外面小声叫着宿管阿姨，阿姨闻声从房间走出来给她们开门，女孩们嬉皮笑脸地向阿姨道谢，还塞了点热乎的板栗，我看到她偏头看向我，眼角的泪一览无余，连忙用手胡乱地擦着泪，倔强地朝前走去。我还看到她们成群结队，有说有笑，一个女孩发现落在最后的女孩低着头，连忙把她拉到和几个女孩一排的位置。我也看到两个女孩手牵着手，看对方的眼神都闪着光……

宿管阿姨用淋了水的抹布认真擦拭着我的每一处。我能更加清晰地看到她们的样子，听她们的故事。

老和尚和他的猫

米　瑶

老和尚并不老，他是个刚满十八岁的青葱少年，眉眼清澈，内心纯净，和这庙里的青灯古佛一般，不受一点世俗污染。之所以说他是个老和尚，大概是自他出生以来便只盘在这庙里吧。行吟打坐，完全就是一副老和尚样子。老和尚很善良，却有些木讷。香客敬香，他则在一旁虔诚地念经，再目送他们远去，中间也不曾有过什么交流。日复一日，钟磬音声在山林间荡悠着冲淡了时间。老和尚从没想过走出这座深山，到另一个山头去看看。他习惯了这庙里的焚香，听惯了木鱼敲打的声音。每每擦拭佛像时，老和尚总会静静地望着这些慈祥的大佛的面容，嘴角轻轻扬起来，目光空寂。他知道自己成不了佛，唯愿一生与佛相伴。

直到他遇见了那只猫。

那只猫是近些时候才跑进这山头的。它一身驼色，四只脚却是亮黑色，头顶有一绺白。这只猫也生活在山里，不过是在另一个山头。

在它的那个山头，深葱茂密的杨树养了它好动的天性，汩汩的流水给了它灵动的双眸，林子里的百灵雀却没给它一副好嗓子，反而是喵喵地叫个没完。它是这山里的灵兽。

也许是佛的香气萦萦蔓蔓，猫循着这味道踏着小猫步便到了老和尚的庙前。这庙前，小河淙淙，草地柔软，蝶飞鸟叫。猫跑到那草中，和蝴蝶一起玩闹，追着蜜蜂不舍。它跑进那河里，打滚、拍浪，弄了个浑身湿透。好久，才耍累了，躺到草地里，让阳光为自己吹干。它就那样被阳光照着，每根毛发都灿灿发光，安静，又动人。

老和尚也这样静静地看着它好久。这是老和尚第一次出庙打水时在路上停留。他一出庙门便被这灵兽吸引。它满身发着光，如此柔软。他也见过许多猫，只是这一只，深深地吸引了他，让他这样欣赏，不肯离去。猫还在睡着，老和尚不知道它从哪里来，但此刻他只想让它再多睡一会儿，再多睡一会儿。如果太阳下去了，他甚至想脱下袈裟给这灵兽披着，不让它冻着。

太阳慢慢落下去，在天边染出了一片彩霞。猫醒了，看见了他。那双眼睛真是好看极了，透着佛珠的柔光，透着大自然的灵光。猫轻轻叫了一声，老和尚轻轻摸了它一下。

以后的每天，猫都来这庙前，等着老和尚。有时候它伏在老和尚膝头，听老和尚诵经，即使它什么也听不懂；有时候老和尚跟着它，在溪里玩水，即使弄湿了袈裟。

日子一天天过去，老和尚发现自己念经时心不再沉静，扫浮尘时竟会突然地笑出声来，木鱼敲着敲着，就想起那只猫来。

那是个同样阳光灿烂的午后，猫和往常一样在庙门口乖乖等他。他走了出来，看着那猫，几乎是一瞬间的决定，他对那只猫说："带我去你的山头看看好吗？"他突然想去另一座山瞧瞧，想闻闻那儿的土壤是否也如自家的一样清新。他充满期待地看着猫，猫却惊骇一般逃走了。

从那以后，老和尚再也没见过猫。老和尚最终还是走出了山头，去了京里的庙。老和尚走的那天，猫就立在庙宇的飞檐上，看着他背着行囊远去。

此后，这庙里便没了一个人，却总有钟声传出，和着月夜下的猫叫。

生活总有惊喜

莫沛幸

陈凡像往常一样，在七点钟手机闹铃响起的前一秒就准时醒来，关掉响了一下的闹铃。他惺忪着睡眼走到卫生间洗漱。虽然九点才是上班时间，但是为了避开早高峰时段，他必须更早地出门。床边那个树杈状的衣架上挂着一件白色衬衫和一套藏青色西装，那是他昨晚提前准备好挂上去的。穿好衣服，背起一个大街上随处可见的最普通的黑色背包，陈凡看了一眼镜子里的自己，五官端正、相貌平平，穿着最普通的衣服，长着一张最普通的脸，镜子里的这个人果然像自己的名字一样平凡。

陈凡租住的房子离最近的地铁站还有一些距离，他骑上新买的自行车往地铁站的方向去了。沿着刚刚苏醒的街道骑行了十几分钟，陈凡到达了地铁站。前段时间他刚买了两个月的自行车被偷了，只剩下一个前车轮和锁。一千多块钱，对他来说是一笔巨款了。他到公安局报了案，但是到现在还没有抓到那个偷车贼。吸取了之前的教训，陈凡这次买了两把锁，一把锁住前轮和停车位的前杆，另一把是长锁链，锁住车身与停车位的后杆。麻烦是麻烦了点，但是至少没那么容易再被偷了。

这个地铁站人流量并不大，陈凡走进地铁，找了一个靠近车门的位子坐下。虽说住的地方离公司远了点，但好处是离前往公司的地铁 4 号线的起始站比较近，上车的时候有座位。

陈凡在前村站下了车，他飞奔着跑向了人流较少的楼梯。他很清楚，这是换乘站，又是上班的早高峰时段，人流量已经变大了。陈凡娴熟地跑上楼，迅速跑向换乘地铁的入口，继续从另一个楼梯往下跑。站台上等车的人已经有点多了，他着急地看着屏幕上车辆的到站信息。地铁来了，他知道不能再思考了，一下子冲了进去，后面的人还在往车厢里面挤，陈凡已经选好了一个角落位置站好了。车门发出警报声，紧接着车门关闭了，但凡还有不少人没有上来，只能在站台上皱着眉头。陈凡嘴角微微向上扬，庆幸自己是那个“幸运儿”，你也可以说他是有些“幸灾乐祸”了，但是在看到自己成为那个幸运的人时，总会“洋洋得意”一下吧。陈凡低头看了一眼自己的休闲鞋，觉得自己的这双鞋可真是帮了大忙。

陈凡到技术园区站下车，到站后才八点三十五分，今天自己可以安心地吃一顿早饭了。他走出地铁口，在平常帮衬的档口买了一个煎饼，还是他习惯的多加两个鸡蛋。陈凡慢悠悠地吃着煎饼朝公司走去，刚刚掏出手机，就看见主管给他发了一份文件和一条微信：“把这个打印十份，一会儿九点要开会。”真不该看手机！陈凡这样想。但是不看手机的话，没做好这件事一会儿肯定又会被主管大骂一顿。陈凡原本想要慢慢地品尝早餐的愿望落空了，他三下五除二地将手里的煎饼塞进嘴里，也不管嘴边被弄得有多脏，就飞快地向公司的方向跑去。

在电梯口，陈凡遇上了同事张家豪。张家豪先看见了他，向他打了声招呼。陈凡在刷卡过闸机的时候听见了，于是向张家豪走过去。“老于让我回去印资料，我正着急呢！”陈凡喘着气说道。“怪不得你跑得这么急，我说这不还没迟到吗。你真是吓我一跳！”张家豪打趣地说道，“喏，你的咖啡，谢谢你昨天帮我做那个表格！”陈凡接过咖啡，眉毛向上一挑，表示回应。

正好刚刚吃煎饼太着急，差点儿噎到了，这咖啡来得正好。

陈凡到自己的工位后赶忙打开电脑，连身上的背包都没来得及放下，就火急火燎地打开文件，按下打印按钮。听着打印机嗞嗞轰轰地工作着，陈凡才把背包放下，喝了一口咖啡顺顺气。他站在打印机旁边检查还温乎乎的资料，然后整理好放进了会议室。总算是没出差错，陈凡松了一口气。他看了一眼手表，快八点五十分了，于是他又回到自己的办公桌，把笔记本电脑和记事本从背包里掏出来，然后捧着它们去会议室坐着等待接下来的早会。

主管在会上还是说着这些那些已经听厌了的话，大家都低着头记录着或是假装记录着。幸运的是，早会在半小时之后就结束了。接下来这一天，陈凡也只是像许多个这样的工作日一样，坐在工位写策划、做表格，和同事讨论一下策划修改的事宜，然后就等待着六点的下班时间。还有五分钟就要下班了，虽然今天是周五，但是按照惯例，小周的周六是要加班的。陈凡今天的工作任务已经完成了，他慢慢地整理自己的桌面，想着一会儿主管来安排明天的任务，如果没有，他打算明天整理一下之前的工作。这时，主管老于手里拿着他的无框眼镜走出办公室说："明天咱们不加班了！前几天我们组做的那个项目通过了，大家回去好好休息吧！"同事们都在叫好，大家收拾的节奏都变得轻快了，陈凡和同事们相视而笑。

六点了，陈凡向同事们说再见后就背起自己的黑色背包走出公司。在走向地铁站的路上，他想，既然明天不加班，那今天就慢慢回家吧。当陈凡正看着天上一团像板凳一样的云时，他的手机响了。他按下接听键："您好！""您好！请问是陈凡先生吗?"一个清脆的男声提问道。"对，我是。""我这边是中山路派出所的。您前段时间来报案说丢失的自行车，我们已经抓获嫌疑人了，您的车子也已经找回了。您什么时候方便就拿着身份证和剩下的车轱辘过来领车吧。”“好的，谢谢!”陈凡挂了电话。他呆呆地站在原地，想起自己今天用两个锁锁车的情景，突然笑了起来。

陈凡按照早上上班的原路回家，他走到地铁口外，找到那辆被自己锁了两把锁的自行车，打开车锁，然后推着自行车在人行道上慢慢走着。身旁经过的不少人都在看他，他们一定觉得现在的他很奇怪，有车居然推着不骑。但是陈凡不在意，他慢慢地感受着有些闷热的空气里拂过的一丝丝微风，听着身旁车水马龙的声音，旁边马路上堵着的汽车还没有自己走着快呢。他想好了，明天下午就去领回自己的自行车。他想着，不禁加快了回家的步伐。

昨晚特地把平常上的闹钟给关掉了，陈凡第二天早上很舒服地睡到了自然醒。陈凡换上了一身舒适的浅蓝色休闲套装，拿上昨晚准备好的那个被偷剩下的自行车轮出门了。到了派出所，向值班民警说明情况后，民警把他带到办事大厅后方的一个小仓库。那个高挑的民警对他说：“这个人还挺奇怪的，他好像就喜欢这款车，偷了十几辆，全是一个款的，认车的时候还得花些眼力呢。”陈凡到了仓库一看，果然有很多一模一样的车架和车轱辘，也有几个和自己一样被偷了车来认领的年轻上班族正在辨认自己的车。

陈凡记得刚把那辆车买回来，停车的时候不小心蹭到了左边车把手，划了一条差不多十厘米的痕迹。那白色的划痕在黑色车身上很显眼，当时可把陈凡心疼坏了，没想到现在成了辨认自行车的标记了。陈凡成功拿回了自己丢失了几个星期的自行车，还和民警与被拆散的自行车合了个影。当然，民警不会让他就这样把车拎着回去，派出所请来了专业的修车师傅，帮他们把车组装好了再还给失主。

陈凡在民警给的法律文书上签了字，向民警道了谢，然后就骑着这失散了一段时间的“朋友”回家了。现在，陈凡平时停放自行车的地方停着两辆一模一样的自行车，只是有一辆的左边把手上有一道十厘米的划痕。

从军行

黄家兴

出　乡

开元二十八年（740），榆关镇，武休之带领同乡少年应征入伍，投入平卢兵马使麾下。

这一年武休之虽只有二十出头，但因长期习武，加上营养充足，便已长成了一个身材魁梧、膂力惊人的英雄汉子。又因为他和乡里的伙伴们摔跤从未输过，加之弓马娴熟，遂成了一群儿郎的领袖。当他知道玄宗皇帝准许各道州将帅自行募兵时，便挨家挨户把乡里壮丁找了个遍，见谁就拉谁去参军，倒也拉起了一支百人的队伍。

说起来这武休之的家境并不坏，算是乡里豪族，犯不着投身边塞受征战之苦。可谁让这“地主家的傻儿子”放着圣贤书不读，非读了首曹子建的《白马篇》，这又得归功于他们乡里唯一的文化人王秀才。这秀才学问倒是渊博，怎奈命运不好，屡试不第，遂只得栖身乡村，以教书为业，武休之便是他的一名弟子。说来又是件怪事，平时讲诗、书、礼、易，不消半刻，武休之便昏昏欲睡，偏偏有一日讲《白马篇》，他倒是来了精神。这不，王秀才刚吟完前六句，武休之的眼里便放起了光，燃起了火，“少小去乡邑，扬声沙漠垂”这两句打那时起就在他的心里扎下了根。

第二天，武休之辍了学，软磨硬泡，求父母找了个师傅，全副身心地习起了武。

后来，年纪渐长，武休之也不去觅个正经行当，家业也无心去管，仍是专心练武。他爹他娘见状好言劝说他继承家业，踏实过日子，可他就是不听，反倒宽慰起二老，说："爹、娘，你们不必担心！这几年圣上开始重视边功，儿的机会就要到了。只要入了行伍，凭我这身武艺准能建功立业，到时候封侯拜将、衣锦还乡、光耀门楣，那都不在话下。你们呀，就等着享福吧！""哎……也许吧。"两位老人于是默默走开了。

"今天，大英雄终于有了用武之地，可以像幽并游侠儿一样连翩西北驰了。唉，我这应该算是连翩东北驰。算了，管他呢！哪里立不了战功？"武休之迫不及待地想穿上那身戎装，去和契丹、室韦、奚人拼杀，急切到忘了向家里打声招呼就要去村口应募。同伴王小二劝他："武大哥，你先别急着去村口，今天不去，他们明天还在，可咱们这一去，还不知道什么时候能回来，你还是先回家跟大爷、大娘，还有嫂子说一声吧。"武休之一想，确实该如此，便答了句"好吧"。"那你就先回家去安排好家务事，明早卯时我们在村口的大榆树旁等你。"王小二说。

回到家里，武休之就把自己的打算一五一十地同家里人讲开，他的妻抱着襁褓里的孩子一声不响地进了卧房，抽泣起来，孩子也跟着哭了。"你这个不孝子啊！放着舒服日子不过，非要去上战场！给你讨了个老婆都拴不住你。唉，当初啊，就不该让你习武。你要是回不来，谁给我和你娘送终？你的老婆孩子怎么办？"面对父亲的诘难，武休之斩钉截铁地说："名编壮士籍，不得中顾私。父母且不顾，何言子与妻！"二老齐声骂道："冤家啊，冤家！你走，赶紧走。"

当晚，武休之的娘烙了一大锅饼，用包袱装了起来，武休之的爹去村西头的庙求了张护身符，武休之的妻赶制了一套衣裳，武休之的儿哭个不停。

第二天村口，一大群老弱妇孺站在榆树旁为年轻汉子们送行。显然，有的人是舍不得的，又都是有所留恋的，每个人都或多或少地面露哀伤，除了武休之，他头也不回地大踏步走了，留给家人的只有逐渐消失在远方的背影。

望　乡

连年的战争给了大唐越发广袤的疆土，也给了许多人封侯拜将的良机。当然，也给了武休之拼搏的激情。“万户侯，我当定了！”这句话无时无刻不在他的脑海里盘旋。他也不惮于向人表明心志，但得到的多是些冷笑和讥讽。毕竟，一个没有显赫家世的小府兵怎么能在万人中脱颖而出，这不就是痴人说梦！

话虽如此，可没人敢质疑武休之的勇猛。入伍三个月后，有奚人攻打兵马使治下的一座县城。城中原有守将、士卒损耗殆尽。事态紧急，兵马使只得派遣城外驻地的新兵火速增援。可是，这群新兵可是连一次正经的仗都没打过，怎么胜得过这帮杀人如麻的奚人士兵？“怕是这奚人早就盘算着要把我们新兵给一窝端了，所以特地攻打这座县城。我可不能赶着去送死啊！”新兵们心里不安，脚步也比平日慢了许多，甚至连领头的军曹都控马徐行，心想着待城破了便立即撤退，找个借口把上司搪塞过去。然而，在队伍里就是有这么一个莽撞人。只见他策马而出，向县城飞驰而去，同乡男子见大哥如此豪勇，便也加快速度，向县城进军。霎时，新兵们的斗志高涨，军曹见形势有利，便也快马加鞭，生怕被那前头的小子抢了首功。“夫战，勇气也。”武休之带领着兄弟们直冲向奚人本阵，一鼓作气把这个骑兵方阵冲得七零八落。奚人们头一次见到这么勇敢的唐军士兵，一时间乱了阵脚，没一会儿就被赶上来的唐军围了起来。武休之并不恋于混战，只是策马前驱，直冲到敌帅近前，挥起陌刀，只见手起刀落，蛮酋倒于马下，来了个关羽斩颜良，而后大喝一声：“小小胡童，主帅既死，何苦恋战!”众奚望风而降。

这一仗打得漂亮，武休之成了新兵们的“老大哥”，一呼百应，还被兵马使提拔成了卫队队长。接受任命那天，他喝得酩酊大醉。

第二天上任，他终于见到了那个梦里才会出现的像哥舒翰将军一样的英雄人物——兵马使大人。可他万万没想到，兵马使竟是个二百斤的胡人。他打心里就瞧不起胡人，又听说这个大人以前还偷过马，做过牙郎，心里就更看不上自己的上司了。他第一次踌躇地望着家乡，心里想着，“真英雄总会有出头之日，连兵马使这种人都能做到这个位置，我又怎么会差。”

这个兵马使不是别人，正是安禄山。令武休之没想到的是，这个大人升迁靠的不是实打实的战绩，更多的是行贿。武休之这个卫队队长倒没怎么保护过他，安禄山更倚重的是他的亲兵——曳落河，武休之倒是因为武艺高强多次被委派去送“礼品”。就这样，安禄山的官越做越大，武休之也被提拔成了果毅都尉。可是，他怎么也高兴不起来，因为他只想靠军功取得自己的荣耀。他又一次踌躇地望着自己的家乡。

光阴荏苒，一天，安禄山召见了他，交给他一项重任——杀胡。武休之顿时抖擞。只不过，杀的不是野蛮的胡兵，而是最近刚刚议和的胡酋。安禄山要升迁，可近日又没仗打，便想出了一条毒计——请胡酋们喝酒。而武休之要做的则是趁胡人在宴会上喝醉时，率领卫兵砍下他们的首级，再毁尸灭迹，事成之后便可以升任为牙门将军。

“这狗一样的安禄山，真是卑鄙无耻！杀胡杀胡，你自己不也是胡人，怎么不把自己剁了？……唉，实在是没办法，就先这么干吧，他官职升得也快差不多了，这种龌龊事也做不了几次了，难不成他还能造反当皇帝？”武休之心里想着，用一双带着哀怨的眼望着家乡。

翌日，胡琴伴胡舞，载笑复载言，宴会的气氛融洽极了，时不时还有胡酋们爽朗的笑声，当然，其中少不了安禄山的笑声。可武休之的心里却是七上八下，甚至还有些犯罪的惶恐。“你别说，这些胡人平时还挺可爱的，不像打仗的时候那样凶神恶煞。这安禄山和他们不一样，长得倒还憨厚，怎么心思这么阴险……”武休之在一旁感慨着，宴会的客人一杯一杯地喝着，不多时，便陆陆续续倒在了“砧板”上。安禄山对众将校使了个眼色，一场杀戮就此开始。草原上的头狼一个个在睡梦中去了，他们的卫兵被抬进了坑里，只有几个人还有意识反抗。他们大骂着：“卑鄙的汉人，竟然用这种手段来杀我们！我诅咒你们不得好死，诅咒你们的国家早日倾覆，你们的家人也没有好下场！”

覆土时，武休之没敢正视这些夷狄，他生怕看到那怨气冲天的目光，只是垂头丧气地走了。是夜，他毫无睡意，只是看着外面的月光，他开始想回家了，他想念家人，想念父老乡亲，更想念那纯朴的生活，他累了。

可燕然未勒，他还不能还乡。于是，“杀胡”便成了他的安慰。那天之后，武休之又执行了几次任务，都是劫掠胡人来增加军功，只不过杀的人很少是冲锋陷阵的士兵，几乎都是些平民百姓。

回　乡

此去经年，应是音信杳然。悔当初，倦习诗书。只道是风发意气，鲜衣怒马，扬鞭天涯。

今处漠北，真个满眼寂寥。功难成，星鬓华发。声声叹家国天下，榆关易下，何处为家？

盛唐的边境是荒凉的、野性的，无数尸骨堆积出辉煌的将星，也养出贪婪的群狼。昔日的兵马使安禄山靠着他的“精明”，一步步爬上了东平郡王的高位，成了大唐北境的头狼，而武休之还是一个位不荣显的果毅都尉。他很苦恼，但又并不奇怪。因为他知道自己和长官们不是一路人，安禄山始终不提拔他做曳落河，他也不想认这么一个“干爹”。

他忘不了那次宴会的咒骂声，更忘不了唐军对胡人平民的数次劫掠。他亲眼看到水草丰茂的牧场化为焦土；他亲眼看到一座座毡房化为乌有；他亲眼看到他的战友拽着契丹人头上的辫子，将鲜血甩得到处都是。连年的杀戮，让武休之对胡人的厌恶降到了极点，他甚至想放下武器，和他们聊聊天、跳跳舞。可惜，没机会了，边境上的胡人被残杀殆尽，要想见他们，就必须北上。这下可好，“太平无事”，就是少了些生气。

可安禄山还没有满足，他一心要战功，好向他的皇帝干爹请求封赏，尽管他已是边将中地位最显赫的了。

“咳，胡人不在，那就杀汉人充人头吧，反正那老糊涂也不会怀疑，就这么定了。”安禄山不久便把想法付诸行动。

那一天，中军帐内，大小将佐依次而坐，等候“头狼”安排。安禄山满脸堆笑说：“兄弟们，我轧荦山能有今天，全都要靠你们。我倒是封了王，认了皇帝当了干爹，认个贵妃做了干娘，可就是苦了你们，总是那么屁大的官，我心里有愧啊！不过，今天，诸位的机会来了，就看各位敢不敢赌一把……”“大人但说无妨，我等什么样的场面没见过，有什么不敢赌的?”安禄山大喜，说道：“好！诸位可各领一队人马，各寻一处偏僻庄子，将村中活口杀光以作军功。务必办得干净，这样我好为大家请功。”“妙啊，妙啊！拿汉人充胡人，杀起来也更容易些。”众将佐颔首称是，唯武休之呆立无言。

第二天，大小将佐陆续开拔，武休之也领了一队人马，垂头丧气地往前赶路。没过多久，就到了一个官府难以发觉的地方。

老百姓手无寸铁，又看是官兵来到，哪晓得抵抗啊。官兵手起刀落，不多时，便已是路无行人，只有冤鬼。武休之带着两个随从冲进了里正家里，挥刀向里正的脖子砍去。突然，一阵尖锐的刺痛由他的左手传来。他放下了刀，低头一看，原来是一个小女孩正死死地咬着自己，一双清澈的眼睛愤愤地盯着自己。忽然间，痛感消失了，那双眼睛也闭上了。两名随从一个将刀刺进了女孩的胸膛，一个砍下了里正的头。武休之慌了，他冲到门外又看到几名士兵在对村妇施暴，尖叫与恸哭声此起彼伏，却还是有笑声传进他的耳朵。恍惚间，他仿佛看到自己的孩子被杀死，自己的妻子正在被人侮辱。他害怕极了，他想回家，现在，对，现在。

一场洗劫过后，兵燹代替了炊烟，一队队人马得意地向驻地行进。武休之惴惴不安，突然从马上摔下。士卒见状停了下来，武休之的副官从马上跃下，把他抱在怀里，象征性地试探了一下鼻息，便转过头对众人宣布：“武大哥已经死了，以后你们就听我的了，我不会亏待你们。咱们走吧。”须臾，荒郊上只剩下武休之一人，副官心想今天晚上武休之就会成为孤魂野鬼。

可偏偏在黄昏时，武休之醒了过来，离开了他的“葬场”，不过他没有回军营，而是选择了家的方向。他离家太久了，他好怕会和家人冥阳两隔，又担心哪个混蛋带兵屠了他的村子。此时，回乡，便是他最大的心愿。

他的衣衫日渐残破，风尘与泥污在他的身上累积了厚厚一层，但他并不在乎，甚至还有些激动。他终于重见故乡的青山，只不过多了几处新坟。他开始慌张地向祖坟走去，在那尽头，一座石碑赫然立在他的眼前。“先考武君、先慈程氏之墓”，碑上的大字给了武休之一次又一次重击，他不愿相信那里面躺着自己的父母。他跪倒在碑前，任由泪水肆虐，哭声也从开始的震天响逐渐转为呜咽。

祭拜完毕，武休之便向村里跑去，他的心里正吊着一块巨石。没过多久，他就跑到了自己曾经熟悉的小路上。在他家门口，一个少年正蹲在地上向道口张望，他好像在等着某人。他注意到了武休之，一双眼带着一丝疑惑又带着一丝恐惧。“他是我的儿子吗？”武休之心里想着，朝门口走去。忽然，他听到有女人的声音正由远变近。

“小虎，快回来吃饭，明天再去等你爹……相公！真的是你吗？”

“是……是我啊！”

“你是我爹？”

“孩子！”

一家三口紧紧地抱在了一起，放声哭了起来。

“我回来了……”

这一年是天宝十三载（754）。

辑六

独白

杵声不为客，
客闻发自白。